君を愛した
ひとりの僕へ

致深爱你的那个我

〔日〕乙野四方字 著

周立彬 译

中国友谊出版公司

目 录

CONTENTS

• • •

序 章 ，
或 是 终 章

有一种现象叫"健力士浪涌"。

健力士是一种爱尔兰产的黑色啤酒，在日本的超市和便利店中并不常见，但爱尔兰人几乎天天喝它，甚至把它称作"杯中餐"。

如果把这种啤酒一口气倒进宽口的玻璃杯中，在气泡和啤酒分离之前，白色的气泡会在黑色的啤酒中缓缓下沉。正常情况下，气泡在液体中下沉的现象可能会让人觉得不可思议，但这其实只是单纯的物理现象而已。

气泡浮起时，与气泡碰撞的啤酒也会被往上推，这是因为啤酒带有黏性。但啤酒无法升得比气泡更高，所以会在玻璃杯口径较宽的部分形成漩涡，沿着杯子内壁不断下降。这下换成是气泡因为黏性被啤酒往下带，杯中便形成了中央气泡上升、杯壁气泡下降的状态。从外面看上去，就像是气泡在不断下沉一样。

我年轻时也经常喝酒——虽然这不是什么值得骄傲的事，所以我早就见过了这种现象。但直到快四十岁，我才知道这种现象叫作"健力士浪涌"。

要问我为什么一把年纪才知道这个词，其实理由也没什么大不了的。我偶然间进了一家店，点了杯健力士，看见杯壁的气泡下沉，想起这个现象，才急忙问店主是怎么一回事。

我为什么会这么着急？

因为对当时的我来说，"气泡下沉"这一现象给我带来了颠覆性的冲击——当时的我，正在寻找能够颠覆这个世界的某样东西。

气泡会下沉。得到这一灵感的我，在那之后的人生中将一切都献给了"让气泡下沉"这件事。简单来说，只要让气泡的浮力低于啤酒的黏性就行。在这种状态下制造出下降流，气泡应该就会下沉。

气泡会下沉。光是让这个概念在我的脑海中萌芽的价值，就已经远超一杯啤酒的价钱了。

那之后我花了十年时间，终于确立了能够达到目标的"让气泡下沉的方法"。剩下的只有时间和地点——在何时、何处让气泡下沉这一件事了。

那之后，我又花了二十年时间，慎重地挑选了让气泡下沉的时间和地点。当我找到合适的地点时，已经年过七旬了。

真是无比无比漫长的一生。

也是毫无意义的一生。

我没有妻子，也没有孩子，根本找不到在这个世界上活下去的意义。我唯一深爱的人，因为我的错，从这个世界上消失了。

但这一切也已经结束了。

气泡会下沉。

好了，让我抹去这个世界吧。

这个所爱之人不存在的世界。

第 一 章
幼 年 期

你

七岁的我已经理解了"离婚"这个词的意思。当被问起想和父亲还是母亲一起生活时，也镇定地给出了答案。

　　父亲是专业领域中著名的学者，母亲的娘家富得流油。无论跟哪边，我应该都不愁吃穿。这么一来，只要根据自己的心情决定就行。最终我选择了跟随父亲。倒不是因为我喜欢父亲多过母亲，而是我担心跟了母亲会影响到她再婚。

　　两人离婚似乎是因为聊不来。父亲常在研究所过夜，偶尔回家时会和母亲聊研究的内容，但母亲一点都理解不了。父亲说话时总是抱着"我能理解的事对方肯定也能理解"的心态，两人聊起天来完全不在一个频道上，我经常能看到母亲独自苦恼的背影。

所以我心想，父亲应该暂时不会考虑再婚吧。不，当时的我倒也没有想得这么清楚。

有趣的是，离婚之后，父母的关系反而变好了。毕竟两人结过婚，还生了孩子，应该还是彼此相爱过的。在我长大前，父亲每个月至少会和母亲见一次面。有时带上我，有时单独见面，来往颇为密切。或许那样的距离感对两人来说正合适吧。总之，我很高兴父母能够和睦相处。知道自己没被嫌弃，我就放心了。

和父亲住在一起后，我经常到父亲工作的研究所去。放学后不回家，而是去研究所等父亲下班后一起回去。研究所的工作是全年无休的轮班制，如果正巧遇上学校的休息日和父亲的工作日重叠，有时我一整天都待在研究所。

研究所内设有托儿室，是面向有孩子的所员提供的福利之一，有时在里面能看到很小的孩子。托儿室不算完善，还称不上是企业内托儿所，也没有配备专职保育员，只能靠所员轮流照顾孩子。我年纪比较大，经常替他们陪孩子玩，忙碌的所员们都很感谢我。

有时，托儿室里也会空无一人。这种时候，我会畅读放在那里的书。我读的不是那些给小孩子看的绘本或小说，而是和父亲的研究有关的论文和学术书刊。当然，当时的我根本看不懂里面写了什么，但其中也有不少插图丰富、所谓"超好懂"的书。这类书我勉强能读懂，书中未知的世界勾动着我的心弦。

父亲知道我对研究感兴趣，一定很开心吧。他常在休息时间过来看我，回答我的问题，浅显易懂地向我解释他的研究内容。

有一天，父亲指向养着热带鱼的大型鱼缸，对我说：

"这气泡，就是我们生活的世界。"

父亲和我说话时，从不用"爸爸"而是用"俺"自称。和母亲一起生活时，我还自称"仆"，但自从和父亲两个人住之后，我就受到父亲的影响，自称"俺"了。[①]

0 1 1

———————

① 日文中的"俺"和"仆"都是男性常用的第一人称代词，"仆"较为礼貌、谦虚一些。下文中如非特殊情况，两者均译作"我"。

父亲指着从充气泵中上升到水面的气泡。

"看得出来气泡在慢慢变大吗？在一定的温度下，气泡的体积和压力成反比，这被称为'波义耳定律'……"

"等等、等等，我不懂，成反比是什么意思？"

"你还没学到比例吗？是几年级学来着……"

"不知道，反正就是没学过。你给我打个好懂的比方吧。"

"我想想……每个零食一百元①，买两个就是两百元，买三个就是三百元，对吧？像这样，其中一方增加时另一方也会增加的关系，就叫作成正比。"

"嗯、嗯。"

"成反比和成正比相反。六个零食两个人分，每人可以分到三个，对吧？如果是三个人分，就是每人两个；六个人分，就是每人一个。像这样，其中一方增加时，另一方会减少的关系，就叫作成反比。"

父亲一开始总会用晦涩的措辞向我解释我不明白的事情。但只要我说听不懂，他就会想尽办法用简单的语言举例子解释。如果母亲也能像我一样，

————
① 本书中的"元"均指日元。

坦诚地告诉父亲"我不懂"，或许两人现在的关系也会有所不同吧。

"水越深的地方，压力……挤压的力量就会越强，所以越往下，气泡的体积……大小就会越小。气泡之所以越往上越大，就是因为压力变弱了。像这样，气泡的大小和挤压的力量成反比的定律，就被称为'波义耳定律'。"

"波义耳定律？"

"波义耳定律。"

"我记住了。"

"很好。"

父亲对我的回应感到满意，指着鱼缸的气泡继续说了下去。看来教会我波义耳定律并不是他的目的。

"我们认为世界就像这气泡一样，正在研究气泡间相互交流的方法。"

我想起父亲一开始说的话。这气泡，就是我们生活的世界。这到底是什么意思？

"世界一开始只是从水底冒出的一个小气泡。气泡在上浮的时候越变越大，在途中一分为二。我和你就存在于这其中一个气泡里。"

"那另一个气泡呢？"

"那个气泡中也有我和你存在。只不过，那个气泡和我们的气泡有很多不同的地方。或许在另一个气泡里，你不是和我，而是和妈妈生活在一起。"

也就是说，在另一个气泡里，存在着一个父母离婚时选择跟了母亲的我吗？

"像这样，从我们所在的气泡中看到的其他气泡，就被称为平行世界。"

"平行世界？"

"平行世界。"

"我记住了。"

"很好。"

说实话，比起成正比和成反比，我还不太理解这个概念，但只要是父亲教我的东西，我都会努力去记。因为这样，我的学习能力远超学校的课程进度，我也从不觉得学习辛苦。

"我们认为，人类在日常生活中，可能在无意识间来回穿行于邻近的气泡之间，只不过因为邻近的气泡区别不大，所以才没有察觉到。如果这种现象真的存在，我们就想要证明它，并进一步控制它。这就是我们所长提出的'虚质科学'。"

当时的我还不明白这有多厉害。虽然我很聪明，但也只不过是个小学生。我当时只是单纯地觉得这很有趣。

几年之后，我的愚昧招来了大祸。

那时的我，正好快要满十岁了。

・・・

"小历。"

爸爸放下电话，用异常低落的声音喊了我的名字。

什么事呀？我正在打游戏呢。尽管心里这么想，但爸爸的声音实在过于低落，我没办法装作没听见。我停下游戏，转过头。

爸爸的脸色和声音一样消沉。我可能是第一次见到爸爸这副模样。到底是谁打来的电话？

"尤诺好像死了。"

"啊？！"

尤诺是妈妈家养的一条狗，是条母黄金猎犬，体形比我还大，却很爱撒娇，每次我去妈妈家玩，它都会摇着尾巴黏上来。

尤诺死了？

事情来得太突然，像是在做梦一样。我会拍死蚊子和苍蝇，会吃鱼和肉。在游戏里，我杀了无数的怪物。但尤诺既不是虫子，也不是食物，更不是怪物。它为什么会死？使用道具就能复活吗？还是要用魔法？当然，我并没有把这些想法当真。我已经没那么幼稚了。

"死了？为什么？"

"听说是出车祸了。它为了救一个冲上马路差点被车撞到的小孩，结果自己被撞了。真是了不起啊。"

尽管是我自己问的，但我还是忍不住心想：现在说这些有什么用？难道不是吗？突然跟我说这些，要我怎么做？要我作何感想？

"它被埋在了妈妈家的院子里，立了个墓。要现在过去一趟吗？"

"嗯……我游戏刚打到一半。"

我下意识地这么说道。这事比游戏重要得多，我心里其实再清楚不过了。

"这样啊，那就下次再去吧。"

我还以为父亲会冲我发火，教训我"现在哪是打游戏的时候"，没想到他反倒用担心的眼神看着我，那目光让我感到心痛。

"还是现在就去吧。"

我这么说完，关掉了游戏。

准备好后，我就搭爸爸的车去了妈妈家。

妈妈家不远，开车去只要十分钟左右。有时我会自己一个人骑自行车过去。在爸爸和妈妈刚分开的时候，我经常到妈妈家去玩。见到妈妈和尤诺自然是让人开心的事，但我最想见的人还是外公。外公总是很疼我，每次过去都会给我甜甜的糖果。但后来，我去的次数越来越少，今年正月拜完年后就一次也没去过。

"啊，小历，你来了，跟我来。"

我已经好几个月没和妈妈见面了。看来尤诺的死给她的打击真的很大，她的脸色消沉得让人担忧。我有点担心自己的脸色是不是也这么差。

"你还好吧？"

"嗯，谢谢你。"

听爸爸这么问，妈妈露出略显欣慰的笑容。虽说是这种时候，但看到两人关系融洽，我还是很开心。

尤诺的墓孤零零地立在后院的角落。墓前的土堆微微隆起，就算大人们告诉我尤诺被埋在了下面，我一时也接受不了这个事实。我甚至觉得它被埋在地里太可怜了，想要把它救出来。

"尤诺是外公在小历出生的时候开始养的哦。"

这个故事我已经听过无数次了。那首名为《孩子出生就养狗吧》的诗我也已经听得烂熟于心了：

孩子出生就养狗吧。

孩子婴儿时，狗是孩子的守护神。

孩子幼儿时，狗是孩子的好玩伴。

孩子少年时，狗是孩子的理解者。

等孩子长成青年，狗会用自己的死教会孩子生命的可贵。

如果这首诗里说的是真的，那尤诺死得有点太早了。虽然我不明白几岁开始才算青年，但我还不满十岁啊。或许就是因为这样，我看着尤诺的墓，也理解不了生命的可贵。

"小历，去和外公他们也打个招呼吧。"

听妈妈这么说，我走进屋里。我和外公也已经好几个月没见面了。

"啊，小历，你来了呀，谢谢你。"

好久不见的外公，看上去比印象中老了不少。一开始养尤诺的是外公，他一定比谁都难过。

外公让我留宿一晚，但我拒绝了。

我觉得要是没办法好好地为尤诺的死感到悲伤，就没脸和外公待在一起。

· · ·

那之后过了一个月，我几乎把尤诺给忘了，恢复了往日的生活。

那之后我也再没去过妈妈家，到现在我都因为没能为尤诺的死感到悲伤而心怀愧疚。

那天，我一如往常待在研究所的托儿室里。

今天托儿室里只有我一个人。读书也读腻了，我随手打开电视。

我停下换台的手。屏幕里是一只黄金猎犬。

那是一只和尤诺很像的大狗。我不知怎么就被它吸引，盯着屏幕看了起来。

那是一个介绍用各种不同方式为人类服务的狗的专题节目。成为盲人饲主的双眼，照顾其日常起居的导盲犬；在灾害现场帮助搜救人员寻找生还者的救助犬；叼着绳子把触礁的船拉上岸的船上犬；日复一日地等待着再也回不来的主人的忠犬；在宇宙开发实验中单独上了太空的太空犬莱卡……

电视里的评论员称赞这些狗很有勇气，为它们的忠诚感动落泪。狗绝不会背叛人类，是人类最好的朋友。在那之后，节目继续煽情地诉说着狗是如何为人类出生入死的。

看着电视，我不知怎么就一肚子火。

究竟为什么生气，连我自己都不清楚。我甚至不知道自己是不是真的在生气。也许我不是在生气，而是在懊悔。但就算是那样，我还是搞不明白自己是为了什么事而感到懊悔。

就这么不明不白地，温热的液体充盈了我的眼眶。

我究竟为什么会哭？

"怎么了？"

突然听见说话声，我惊讶地抬起了头。

空无一人的托儿室里，不知什么时候来了一个女孩。

女孩身穿白色连衣裙，有着一头又长又直的黑发，非常可爱，年龄似乎跟我差不多大。我从没在托儿室里见过她，是其他所员的孩子吗？

"你在哭吗？是不是哪里痛？"

女孩一脸担忧地靠了过来。在女生面前哭让我感到很难为情，我粗暴地用袖子擦了擦眼睛。

"我没哭。"

"明明就哭了。你怎么了？"

"都说没哭了！"

女孩纠缠不休的态度让我感到烦躁，我瞪了她一眼。

可是……

女孩那天真而澄澈的双眼，不知怎的让我想起了尤诺的眼睛。

"我想尤诺了。"我下意识地说道。

是啊，我既没生气，也不懊悔。我只是想尤诺了。

我想见尤诺却见不到，所以感到悲伤。

"尤诺是谁？"

"是外公养的狗。"

"不能再见面了吗？"

"因为尤诺死了。"

"因为尤诺死了"，说出这句话时，我才终于接受了这个事实。

尤诺死了。它不在了。

我好难过。

"因为尤诺死了……所以我再也见不到尤诺了……"

意识到这点，我再也忍不住了，泪水不停地从眼眶中溢出，像是要把当时没掉的泪也一起加上似的。

之后，我仿佛忘记了面前的女孩，哭个不停，但又因为奇怪的自尊心作祟，咬着牙压低哭声。除了女孩，应该没人见过我哭成这样。

虽然被女孩看着，但不知怎的，我觉得无所谓了。

直到我停止哭泣，女孩都一直站在那里。等我哭完冷静下来，女孩把一块洁白干净的手帕递给了我。

"不需要。"

我再次用袖子擦了擦眼泪。我总觉得不能把女孩的手帕弄脏了。

女孩坚持了一阵子，但见我怎么也不肯要，终于放弃，把手帕收进口袋里。

"跟我来。"

"啊？"

女孩突然抓住我的手腕跑了起来。

今天是星期天。研究所虽然开着，但上班的所员比平时少，很多人就算来上班了也会提前下班回家，因此所里几乎没什么人。女孩在比平时更安静的研究所里毫不犹豫地奔跑着。

"喂，你要去哪里啊？！"

"小声点，会被妈妈听见的。"

她的妈妈应该是这里的所员吧。女孩一定是和我一样，跟着父母来上班了。而且看她这毫不迟疑的步伐，也许已经对研究所的每个角落都了如指掌了。

我平常很听爸爸的话，从不到处乱跑，但我对所里的其他地方还是很好奇。拐过那个角落会去哪里？那扇门后是什么房间？那楼梯下面是……我之所以顺从地任凭女孩拉着我走，就是因为这种好奇心。

女孩在一个房间前停下，打开门。

看见房间里的东西，我兴奋不已。

"啊，这是什么？！"

房间中央是一个像机器人动画片中的操纵室一样的舱体，周围连接着许多电线。舱体上有个玻璃罩，往里一看，果然像是可以躺进一个人的样子。

女孩抚摸着玻璃罩说：

"妈妈说，只要进了这里，就能到平行世界去。"

"啊？"

平行世界，我听爸爸说起过这个。

这个世界是个漂浮于海洋之中，不断变大、分裂的气泡，从自己所在的气泡看见的其他气泡就是平行世界。据说那里存在着一个不是自己的自己，和自己过着不一样的生活。

"你想见尤诺，对吧？"

"嗯。"

"也许在某个世界里，尤诺还活着。"

这是个非常诱人的提议。

我能再一次见到尤诺。因为从没想过尤诺会死，所以我连最后一次见它是什么时候都不记得了。连最后和尤诺玩了什么，怎样抚摸它，都忘得一干二净。

所以，要是能最后再见上尤诺一面的话……

"我该怎么做？"

"进去。"

我按女孩说的打开玻璃罩，躺进舱体里。好像是进了动画或游戏的世界里一样，让我有点兴奋。

我关上玻璃罩后，听到外头传来"叮当咣当"的响声。我稍微抬起身子，看了眼外面，发现女孩正鼓捣着排列在桌面上的许多按钮、开关和旋钮。看起来根本就像是在瞎弄，我心想她肯定不知道正确的操作方法。

"喂，没问题吧？"

女孩应也不应。她看上去非常紧张，双手不停操作着，忙得不可开交。她为什么会这么认真？肯定不是为了让我和尤诺见上一面吧。

"喂，要我帮忙吗？"

"不用。你只要做你力所能及的事就好了。"

"力所能及的事？什么事啊？"

"我也不清楚……要不，就在心里祈祷吧，祈祷能到尤诺活着的世界去。"

"真的只要祈祷就行了吗？"

"妈妈说过，信念是很重要的。只有信念坚定的人才能改变世界。"

真搞不懂她在说些什么，而且从刚才开始她就一口一个"妈妈"，她妈妈到底是什么人啊？

话虽如此，女孩现在正认真地操作着机械。见她这么认真，我决定按她说的开始祈祷。

祈祷去向平行世界。

我想到尤诺还活着的世界去。

我回想起尤诺，想起它生前充满活力的样子；后院里小小的坟墓；电视节目中为人类出生入死的小狗；不知怎的让我一肚子火的评论员。

一开始我还抱着半开玩笑的心态，但越是回忆，我就越是真的想到平行世界去了。

我闭上眼，努力祈祷。

祈祷去向平行世界。

祈祷去向尤诺还活着的世界……

· · ·

我睁开眼，看见了哭泣的妈妈。

"嗯？"

眼前光景突变，我一时反应不过来。

总之，先逐个确认视野里的物体和人吧。哭泣的妈妈，矮桌，还有……外婆？外婆也在。外婆也在哭。

我四处环视，发现自己不在那个机器人操纵室一样的舱体里。这里是我熟悉的房间。这里是妈妈家的客厅。我上次来这里应该还是一个月前给尤诺扫墓的时候。我现在绝对不应该出现在这里。

我为什么在这里？那个女孩去哪里了？我进入的那个舱体究竟是……

对了！

我想起一件事。我想起了自己先前一直在做的事。

我进入舱体的目的。

难道说这里是……

"那个，妈妈？"

正当我小心翼翼地打算问出那个问题时，屋外的声音告诉了我答案。

汪！

熟悉的狗叫声。我弹起身，冲到屋外。

然后我来到后院。

"尤诺。"

原本在一个月前就已经死去的尤诺，现在活生生地站在我面前。

"尤诺……尤诺！"

我奔向尤诺，抱紧它大大的身体。我摸了摸尤诺的脑袋，它一如往常摇着尾巴黏了上来。

原本我还不敢相信，但这么看来的确没错。

这里是平行世界。

是一个月前死去的尤诺还活着的世界。

不知道是因为那个女孩胡乱操作机器，还是我的祈祷应验了……不管怎样，我真的移动到了平行世界。

我想要再见到尤诺的愿望实现了。尤诺仰躺着，我抚摸着它的肚子，直勾勾地盯着它看。死去的尤诺。眼前还活着的尤诺。它的身体非常温暖。但在原来的那个世界，它却冷冰冰地躺在土里。

我想起了外公念给我听的那首诗，"孩子出生就养狗吧……等孩子长成青年，狗会用自己的死教会孩子生命的可贵。"

现在我的双手感受到的这份温暖，就是生命的可贵吗？

如果真是这样，我一定会在回到原本的世界，再次看到尤诺的坟墓时，真正理解这句话吧。

我强忍着泪水，爱抚着尤诺，开始思考接下来该怎么办。

在我的世界里，尤诺出车祸死了。那我是不是应该提醒这个世界的妈妈和外公，让他们当心交通事故？

嗯，总比什么都不做要好吧。我连忙进屋准备提醒两人。

我走进客厅，妈妈和外婆虽然已经不哭了，但还是一副悲伤的表情。到底出什么事了？

不过，我也不能直接问他们"出什么事了"。在我来到这个世界前，这个世界的我应该一直都在这里。这个世界的我，应该知道妈妈和外婆为什么哭。这么一来，我要是问她们"为什么哭"，她们一定会觉得很奇怪。

那我问个不会被觉得奇怪的问题就行了吧。

"那个，妈妈，外公呢？"

这个问题应该问了也没事吧。我没有直接问她"外公在哪里"。用这种问法，妈妈应该会推测问题剩下的部分，然后回答我吧。

我的目的基本达成了。

"外公他……明天要守灵啊。"

唯一的问题是，妈妈的回答里有个我没听过的词。

"守灵？那是什么意思？"

"守灵就是……"

于是，我得知在这个世界里，外公死了。

这个世界和我所在的世界有三个巨大的差异。

第一，尤诺还活着。

第二，外公死了。

第三，爸爸和妈妈离婚时，我跟的是爸爸，但在这个世界里，我跟了妈妈。

聊着聊着，我开始慢慢了解这个世界。在这个世界里，我似乎是在这个家里和妈妈还有外公生活在一起。并且，外公在今天下午去世了。

在理解了这个事实后，我哭得一塌糊涂。

尤诺死了，尤诺活着，外公死了……事情变得乱七八糟的，我只能一个劲儿地哭。妈妈温柔地拥抱了我。自从和爸爸一起生活后，我几乎没对妈妈撒过娇。我抱紧妈妈，大哭了一场。

哭完之后，心中舒坦了不少，但也涌现出了别的担忧。

我还能回到原本的世界去吗？

那个女孩让我移动到了这个平行世界。那我要怎么回去？只能等着女孩把我送回去吗？再怎么想我也想不明白。

现在的我什么也做不了。只能努力隐瞒自己是从平行世界来的这件事了。

但既然来了……

"妈妈，今天，我可以和你一起睡吗？"

我试着问道。我心想，这样的要求也不算过分吧。等我回到了原本的世界，肯定就没有机会和妈妈一起睡觉了。

妈妈虽然显得有些惊讶，但还是马上点了点头。

晚上，我又和尤诺玩耍了一通。毕竟不知道什么时候会回到原本的世界，回去之后，尤诺就不在了。

和尤诺道别后，我和妈妈一起睡下了。

● ● ●

第二天早上。

醒来后，我发现自己一个人躺在被窝里。

"哦？小历，你醒啦。"

身边传来了沙哑的声音。

"外公？"

"嗯，早上好。"

"早上好。"

嘴上这么应着，但我完全想不通为什么外公会在这里。脑袋似乎还没清醒过来。咦，我昨天在妈妈家留宿了吗？

半梦半醒间，我回忆起昨天的事。我记得昨天，外公他……

想起那件事后，我从被窝里一跃而起。

"外公？！"

"噢，很精神嘛。"

"外公，你还活着？"

"说啥呢。别说这种不吉利的话。"

确实是外公。今天本该是守灵的日子，但外公却活着，到底是怎么回事？

我冲出房间，来到屋外，往后院跑去。

后院的角落里有一处微微隆起的土包。

是尤诺的坟墓。

"尤诺。"

我把手掌放在土包上，好冰凉。理所当然的，我完全感受不到昨晚睡前抚摸过的尤诺的温暖。

温暖与冰冷。这温度差，就是生命的可贵吗？

我感觉离答案只有一步之遥，却抓不住那最后一点线索。我该从这温度差中领会到什么？我能够领会到吗？

我为至今无法理解生命的可贵而感到内疚，转过身背对着尤诺的墓，然后像是要掩饰内疚似的思考起了别的事。

我似乎在睡着的时候回到了原本的世界。虽然不明白理由，但既然平安回来了就好。

不过，我为什么会出现在这里？我应该躺在研究所的舱体里才对。难道是我的身体自作主张来到了这里？

思考到这里，我有了个想法。

对了。如果我真的去了另外那个世界，那也许……

我回到屋里，外公用奇怪的眼神看着我，我若无其事地问他：

"那个，外公啊，我昨天到这里的时候，是几点来着？"

"嗯？是几点来着啊？啊，是傍晚六点后。妈妈到研究所去接你的时候，电视上正好在播相扑节目呢。"

妈妈到研究所接我？嗯，果然没错。

在我到另一个世界去的时候，那个世界的我来到了这个世界。

另一个世界的我肯定是移动到了研究所的舱体里，在那里给妈妈打了电话。他见到那个女孩了吗？

跟她聊了些什么？说到底，那女孩究竟是谁啊？

看来我接下来该做的，就是找到那个女孩。

"哎呀，好久没和小历一起睡了，外公很开心哦。"

"是吗？"

仔细一想，如果那个世界的我来到了这个世界，对他而言就是从外公死了的世界来到了外公还活着的世界，他脑子里可能比我还要混乱吧。我都有点想问问他是怎样的心情了。

嗯……虽说给他添麻烦了，但毕竟那也是我，应该没关系吧。

"那个，外公啊，你身体有没有不舒服啊？"

"嗯？我很好啊。"

"那就好。你可一定要长命百岁啊。"

"怎么回事呀？不用担心，外公的身体好得很呢。"

外公快活地笑着，摸了摸我的脑袋。外公的手心很暖和。

这份温暖，也许在不久的将来就会消失，像平行世界的外公那样。

"我以后会常来玩的。"

思绪万千的我向外公保证道。

"嗯，希望你能早点找到钥匙啊。"

外公最后说的这句话，我没怎么明白。

● ● ●

下一个休息日。

"你们两个小朋友要好好相处哦。"

一个漂亮的女人这么说完，走出了托儿室。

"小历，趁这个机会交个朋友吧。你朋友很少，不是吗？"

说完这句多余的话后，爸爸也跟着女人走出了房间。

然后研究所的托儿室里，就只剩下了我和那个女孩。

"你妈妈原来是所长啊。"

刚才走出去的那个漂亮女人，据说是这个研究所的所长，也是那个女孩的妈妈。

从平行世界回来的我回家之后问爸爸："我昨天遇到了这么一个女生，你认识吗？"爸爸很干脆地告诉我："那是所长的女儿。"

于是探明了女孩身份的我，在下一个休息日，成功地在研究所和她重逢了。我想当然地以为所长是个大叔，没想到是个漂亮的女人，吓了我一跳。而且听说她还是爸爸的大学同学。

"因为你是所长的女儿，所以才知道那台机器的事啊。"

"嗯。"

女孩有些怯生生地看着我。突然，她一脸认真地问我：

"你见到尤诺了吗？"

"嗯。不过，我还是没理解生命的可贵。"

"生命的可贵？什么意思？"

"……狗会用自己的死教会孩子生命的可贵。"我把那首诗念给女孩听，还告诉她，虽然尤诺死了，但我还是没能理解生命的可贵。虽然在感受到温暖和冰冷时似乎明白了些什么，但还是得不出一个明确的答案。

听完我的话，女孩扑哧一笑，似乎终于明白了我的意思。

"我觉得你已经理解了哦。"

"嗯？"

"温暖与冰冷。你说得没错，这温度差，就是生命的可贵哦。"

"什么意思？"我追问道。

女孩温柔地眯起了眼睛。

"你想啊，活着是温暖的，对吧？这份温暖，意味着你能和尤诺见面，能和它说话，和它玩耍……这一切的可能性都还存在。但死是冰冷的。这份冰冷，意味着尤诺的世界已经终结，一切可能性都不复存在了。你所感受到的，就是可能性的温度啊。"

"可能性的，温度……"

"嗯，我想那温度差，一定就是生命的可贵吧。"

啊，原来是这么一回事。我豁然开朗。

活着与死去。温度差了多少，两者间的可能性就差了多少。尤诺教会了我这个道理。

之后再去给尤诺扫一次墓吧。这次一定要好好向它道谢、道别。我感觉我终于接受了尤诺死去的事实。

"谢谢你。你真厉害啊。"

"一点都不厉害啦。"

女孩投来的微笑让我有些心跳加快。

"说起来，那之后你怎么样了？"

我含混地问道。不过，这其实也是很重要的事。

去往平行世界的我，在那里住了一晚，又回到了这个世界。在那期间，如果那个世界的我和我互相交换，移动到了那个舱体里，那女孩肯定见到了他。

"那之后，机器里的你像是突然变了个人似的。不仅自称变成了'仆'，还认不出我来，也不知道自己在哪里、在做什么。"

"那大概是平行世界的我吧。是吗？原来那个世界的我自称'仆'啊。然后呢？"

"嗯，然后，我吓了一跳，不知怎的有些害怕……"

女孩突然显得有些难为情。喂，不是吧？

"我就跑掉了。对不起。"

真是不负责啊。不过仔细一想，我也经常心血来潮开始做某件事，最后却半途而废。我本应该感到更生气的，却生不起来。

"唉，反正我也平安回来了，就算了吧。不说这个了，我其实更想问你的是，为什么那么认真地想把我送去平行世界？"

听到我的问题，女孩沉默了一阵子。终于，她轻轻开口说：

"我的爸爸和妈妈离婚了。"

"哦，和我家一样啊。所以呢？"

我若无其事地回应道。女孩抬起头，睁大了眼睛。不过也许是这话让她放心了，之后女孩便开始娓娓而谈。

"他们吵得可厉害了。好像一直都是爸爸在发脾气。爸爸说他再也不想见到妈妈，然后就走了。那之后他们真的一次都没见面。但我其实并不讨厌爸爸。"

虽然她的父母也离婚了，但和我的父母似乎有很多不同之处。不过，这么一来，我大概明白她想说什么了。

"那时候，我从妈妈那里听说了平行世界的事。她说她正在制作能自由穿越平行世界的机器。我心想，用了那个机器，也许就能去爸爸妈妈和睦相处的平行世界了。"

嗯，和我猜得八九不离十。那我在这里又扮演了什么角色？

"但一下子就要我自己尝试，我还是会怕，所以……"

"也就是说，你把我当作了实验品。"

"对不起。"

女孩老实地向我道歉。长得这么可爱，做出的事却这么可怕。也许父母离婚给她的打击真的很大吧。离婚后父母关系依旧和睦的我没办法理解她的心情。

话虽如此，我也不觉得自己能够就这样轻易原谅她。

"好，那现在我们再来一次。这次换你进那个舱里。"

"嗯？"

"这不是理所当然的吗？你就是为了这个才拿我做实验的呀。我也确实去了平行世界，然后回来了。既然这样，你一定也可以的。"

"可是……"

女孩犹豫不决。我这么说当然也不光是想报复女孩。我的确被她利用，成了实验品，但从结果来说，我是很感谢她的。我再次见到了尤诺，学到了宝贵的一课。

所以在说这番话时，我其实一半是带着报恩的心情。去了平行世界，一定能收获些什么。

看着还没下定决心的女孩，我决定最后推她一把。

"你想见到父母和睦相处的样子，对吧？我可是见到尤诺了。"

"你想见尤诺，对吧？"女孩就是这么说着，让我进了舱体里，所以她应该没办法反驳这句话。

"能再见到尤诺一面，真的太好了。"

我又补上这么一句。在纠结了一阵子后，女孩点了点头。

"我明白了。走吧。"

"好。"

事不宜迟，在女孩的带领下，我们再次来到了那个有舱体的房间。在女孩告诉我大概该操作机器的哪个部分后（虽然她只告诉我自己是随便操作的），我就把她送进了舱体里。

"要在心里祈祷能到平行世界去哦。我那时候也祈祷了。"

"嗯，我知道了。"

女孩乖巧地回答道。然后她像是祈祷般地握住双手，闭上了眼睛。

我关上玻璃罩，走向机器。当然，我根本不知道该怎么操作这个机器。总之，我像当时那个女孩做的那样，把能动的按钮和开关胡乱操作了一通。但我操作了一阵子，还是没有任何反应。我走近舱体，对女孩说：

"喂！怎么样？有没有……"

话音戛然而止。

我擦了擦眼睛。

是我的错觉吗？

躺在舱体里的女孩的身体，好像有些模糊……

"哎呀，你在这里干什么？"

听到身后突然传来声音，我吓了一跳，回过头。

"啊，所长。"

"不能随便进来这里哦。啊，怎么我女儿也在？快点出来。"

逐渐逼近的所长看上去不怎么生气，但也不知道她心里到底是怎么想的。

所长打开舱体，扶起女孩，有些难为情地低下了头。女孩的身体已经不模糊了，所长也没说什么。那真的是我的错觉吗？

"你们两个在这里做什么？"

"我想到平行世界去。"

女孩老实地回答了妈妈的问题。顺带一提，我通过这个舱体去过一次平行世界的事，我们没有告诉过任何人。这是我们两人间的秘密。

"傻瓜，这机器还没造好呢，怎么可能去得了？

说到底，根本连电都还没通呢。"

"啊？"

我和女孩面面相觑。

还没造好？还没通电？

"那、那个……"

"果然是我的亲女儿，好奇心真是旺盛啊。而你的好奇心应该是遗传了爸爸的吧。"

所长好像没听到我说的话，自顾自地说起话来。

"这点或许得怪父母啊。不过，该批评还是要批评的，这是大人的职责。总之，你们两个人都坐好了。"

"啊？"

"坐好。"

"是。"

之后，我和女孩被迫跪坐在坚硬的地板上，听所长讲了快一个小时的大道理。

• • •

终于从训话中解放的我们回到托儿室，等待彼此的父母结束工作下班。房间里没有其他孩子。气氛很尴尬。

面对静静坐在一旁无所事事的女孩，我毫不掩饰不悦之情，对她说：

"被骂了。"

"还不是你硬要让我进那个舱里。"

女孩看起来也不怎么开心。她果然不像看上去那样，只是个普通而懂事的女孩。不过，她这个说法我肯定是无法接受的。

"说到底还不是你这家伙的错！"

归根结底，被骂都是因为她先让我进了舱体里。我的语气逐渐变得苛刻，还瞪了她一眼。

但我一看到女孩的脸就后悔了。

女孩咬着嘴唇，双眼泛泪。

"啊……"

我把一个女生惹哭了。这是男人最不应该做的事。我应该冷静一点，口气更温和一点。虽然最开始确实是她把我送进舱体里，拿我做实验，但也多亏有了她，我才能见到尤诺。

怎么办？我该怎么道歉？

在我酝酿话语时，女孩回瞪了我一眼，说：

"别管我叫'你这家伙'。"

听到这话，我才幡然醒悟。

这么说来，我们连彼此的名字都不知道。

我想起爸爸一开始说的话。是啊，趁这个机会……

"对不起。我叫日高历。"

我做了自我介绍。

趁这个机会交个朋友。爸爸是这么说的。

今天就是第一步。见我伸出手，女孩睁大了眼睛。

然后她马上笑逐颜开。

"我叫小栞，佐藤栞。"

我和她握了手。

那是我绝不能握住的一双手。

幕 间

　　这一年，佐藤所长前往德国，在一场极具权威性的学术会议上向世界公布：平行世界的存在已被证实。

　　会上发表的内容如下：

　　　这个世界存在着许多平行世界，人们在日常生活中会无意识地往来于平行世界之间。移动方式并非物理意义上的肉体移动，而是和平行世界的自己进行意识的互换。在这一过程中时间并不会变动。

　　　越是相近的平行世界，和原本的世界差异越小。举个极端的例子，相邻世界间可能只是早餐吃了米饭还是面包这样细微的区别而已。

此外，平行世界间越是相近，无意识间穿行的频率就越高，移动的时间也越短。这就是人们意识不到自己穿行于平行世界间的原因。因此，"收好的东西不见了""在同样的地方发现了先前找不到的东西""记错约好的时间"等记忆错误、错觉和健忘现象才会发生。

研究认为，在极少数情况下，人们也可能会移动到遥远的平行世界。遥远的世界和原本的世界差异巨大，移动到那些世界的人们会觉得自己仿佛来到了另一个世界。

我们将这种移动于平行世界间的现象命名为"平行转移"。

第一次发表的内容大概就是这样。

所长将研究平行世界的学问命名为"虚质科学"。她在大学时代就提出过虚质科学，毕业后回到家乡大分县，建立了虚质科学研究所。在经过缜密的研究后，虚质科学终于以此为契机声名大噪。

这次发表引发了空前的争议，世界各地的学者和研究机构团结一致，试图证实或推翻这一理论。

结果只用了三年，全世界的研究机构就一致同意了平行世界的存在，虚质科学也成了一门专业的学问。

在这个世界迎来巨变的时代，我的世界也在经历着微小而巨大的变化。

我和小栞成了朋友，那之后我们几乎每天都待在一起。

这件事给我和小栞的人生带来了巨大的改变。

小栞和我同年级，上同一所学校，只是班级不同而已。因此，放学后我们会一起到研究所去，只要一有机会就问爸爸、所长和其他所员关于虚质科学的事。也因为这样，往夸张了说，我们应该是全世界的小学生中最了解虚质科学的两个人。当然，所有这些知识，都是大人通过连小学生也能懂的比喻教给我们的。

自从平行转移到尤诺还活着的世界后，我就再也没有进行过转移。那之后我们再也没有擅自使用过舱体，所以结果是小栞一次都没有转移过。就算真的转移了，那肯定也是去了非常相近的世界，并没有察觉到吧。几年后，能够测定出自己位于哪个世界的 IP 终端机会被开发出来，但此时似乎还处于构想阶段。

对于这个时候的我们来说，虚质科学与其说是现实，倒不如说更接近于童话故事。

虚质科学对我而言变为不折不扣的现实，是在我十四岁的时候。

也就是十字路口的幽灵诞生的那年。

第 二 章
少 年 期 （ 一 ）

"我想要帮助他人。"

这个夏天以小栞的这句话开始。

我和小栞十四岁的暑假，我们有着大把的时间。我和爸爸两个人住，小栞和所长两个人住。我们大多数时候都是独自在家，所以每天都一起去各种地方玩耍。骑着上学用的自行车就能轻松去很多遥远的地方。

今天两人也约好在学校附近的公园见面。正谈到今天要去哪里的时候，小栞突然说出了那句话。

"怎么突然说起这个了？"

我舔着两人平分的汽水味冰棒问。哎呀，她又开始了吗?

和小栞变得亲近之后，我开始发现她是个相当古怪的人。她基本上可以算是个心地善良的女孩，但当她旺盛的好奇心和谜一般的行动力组合在一起时，她的善心有时会往奇怪的方向发展。

　　比如十一岁的时候，研究所里抓到了一只老鼠，文件和电线之类的东西都被它咬坏了。正当所里要把老鼠处理掉时，小栞说老鼠太可怜了，决定领养它，教它不要再干坏事。结果她被寄生在老鼠身上的虱子给咬了，发了一场高烧，导致她直到现在都很讨厌老鼠。

　　我和小栞已经认识好几年了，已经知道了她经常突发奇想说出莫名其妙的话，但想帮助他人到底是怎么一回事？

　　"小历不喜欢帮助他人吗？"

　　"如果遇上有困难的人，我还是会帮的。"

　　"那我们就去帮助那些有困难的人吧。"

　　"你到底在说些什么啊？"

　　小栞一旦做出决定，说什么都改变不了她的心意。我要是不乐意，她就会自己一个人去。而她独自行动时，往往会引来麻烦的后果。我没办法放任她不管，最后只好同意一起行动。

"不过，要上哪里找有困难的人呢？"

"去人多的地方，应该就能发现有困难的人吧。"

"人多的地方？比如？"

"我想想……你去过美术馆的公园吗？"

"啊，没有没有。我想去！"

我感觉行动的动机立刻变得不单纯了。不过我并没有指出这点。小栞的父母似乎很少带她出去玩，就算只是带她去附近的公园，她都会很开心。

我和小栞先是骑着自行车去了车站，然后从车站出发，朝南骑了十分钟左右，把自行车停在距离大路不远的一座小公园里——这里还不是我们的目的地。这座公园叫作"地方广场"，只不过是一座占去小山丘大半面积的大公园的一部分而已。

我们沿着上山的路走了一段，看到岔道上立着两根图腾柱。那就是一路延伸到森林里的公园的入口。之后我们沿着森林中的步行路一个劲儿地往上爬。正当我们开始感到累的时候，半山腰便出现了名为"儿童广场"的另一座公园。

相比于地方广场，儿童广场的游乐设施更多，视野也更开阔，因此有许多父母带着孩子来玩。这里有障碍赛道和滑梯二合一的游乐设施，还有半圆形的攀登架和蜻蜓造型的跷跷板。我记得爸爸妈妈还没离婚时，带我来过这里好几次。

"小栞，要玩玩看吗？"

"我已经不是小孩子了。"

小栞嘴上虽然这么说，但我看见她的眼里闪烁着光芒。她可能觉得跟比自己小那么多的孩子一起玩很难为情吧。我也只好忍住想要玩一次久违了的滑梯的冲动。

"有没有……有困难的人呢？"

听小栞这么说，我环视广场，只见大家都开心地在玩耍。助人为乐是好事，不过大家都没困难就更好了。

"上面还有一个广场，要去看看吗？"

我们返回步行道，继续往上爬。虽然现在是夏天，但森林中还是非常凉快舒适。不过还是会流汗，但只要能和小栞在一起，流点汗也没什么大不了的。

我们喘着气爬到步行道的尽头，来到了位于山顶的美术馆的后方。穿过那里的停车场，走上楼梯，就来到了我们的目的地——展望广场。

"哇，上面原来是这样的啊。"

长满青草的山丘顶上，阳光毫不吝啬地倾泻而下。广场正中央是一座巨大的大象雕塑，我好几次想要爬上去但都无功而返。

站在雕塑的另一侧能俯瞰整个城市的街道，还能看到一点点大海。

"那边的建筑物是……"

"那个是什么来着，好像叫什么之家。"

我们两人走向草地另一边的建筑物。标牌上写着"儿童之家"，屋里有好几位带着幼童的母亲，似乎在进行某种娱乐活动。

儿童之家外部有一段楼梯，通往屋顶。今天我个人的最终目标就是那屋顶上。

运气不错，现在屋顶没人。我一边朝小栾招手，一边冲上楼梯。

"你看，这里是风景最好的地方哦！"

"哇！"

在展望广场看到的街景被森林遮挡，不是很清楚。但在这里，森林完全在视野下方，风景真的很棒。

"连山都能看得一清二楚啊，要是海也能看得这么清楚就好了。"

"比起山，你更喜欢海吗？"

"非要比的话，是这样，没错。"

"是吗？我更喜欢山。"

"我也没说不喜欢山哦。"

"那明天我们去爬山吧？"

"嗯，好啊！"

这么一来明天的目的地就定下了。正好有座山我一直想去呢。我也是第一次去，想想还挺兴奋的。

难得上来一趟，我们决定逛逛美术馆再走。不过因为两人都不太懂怎么评价美术作品，所以简单地在馆内转了一圈就出来了。小栞更好奇的是另一条步行道。为了满足她的好奇心，我们决定走另一条路下山。

这条步行道途中没有游乐设施，所以几乎见不到人影。我们享受着宁静，慢悠悠地走下山。位于途中的水边广场上有座小凉亭，我们决定坐下小憩片刻。

"好凉快呀。"

"是啊。"

凉亭建在树荫下，加上附近传来的潺潺水声，让人感觉无比清凉。两人一语不发地消磨着时间，等待汗水变干。

"啊！"

突然，小栞大喊了一声。

"怎么了？"

"我忘记要帮助他人了。"

可不是嘛。我不禁苦笑。从途中开始，小栞就完全是单纯地在公园里玩耍了。

"但没人遇上困难，这不是好事吗？"

"这倒是没错。"

小栞眉头紧皱，低下了头。是因为没能帮助他人而感到遗憾吗？还是终于对为了助人为乐而寻找有困难的人这种行为产生了罪恶感？

"你为什么突然说要帮助他人呢？"

小栞确实经常做出奇怪的举动，但只要问她，就会明白这些行为背后都有合理的理由，并不是她任性胡闹。

小栞沉默了一阵子，像是终于认命似的开了口。

"我见到爸爸了。"

意料之外的话语让我的思绪一时停滞了。

小栞说的爸爸，应该指的是她那个已经离婚的父亲吧？就是和所长大吵一架，留下一句"再也不见面"后扬长而去的那个父亲。

"喂，你不能告诉我妈妈哦！"

我一时以为小栞的父母重归于好了，但看样子并不是这么一回事。小栞是背着母亲，和离婚的父亲见了面。

"虽然我也觉得不该见面，但之前收拾屋子的时候，我找到了爸爸的照片，突然就好想他，所以昨天，我就到爸爸的公司去见他了。"

"是吗？见了感觉怎么样？"

"爸爸很温柔。他说很高兴我能过来，摸了摸我的头，还带我去吃了一个好大的芭菲冰激凌。我非常开心，问他能不能跟妈妈和好，可是他却说不行。"

我的父母虽然离婚了，但直到现在关系也很好，所以我一时不知道该怎么安慰小栞。我感觉说什么都不太对。

"不过，爸爸还说了，虽然没办法一起生活，但他会一直爱着我。他希望我就算没有爸爸在身边，也要当一个好孩子。"

"所以你才想要帮助他人吗？"

"嗯，爸爸希望我能当一个帮助他人、不求回报的人。"

"但因为想当好人而希望他人遇上困难，那就没意义了吧。"

"嗯，是啊。"

这就是小栞的有趣之处。该说她是为了达成目的不择手段，还是目光短浅呢？她最后总会陷入自我厌恶之中。

我想起第一次在研究所见到她时，她二话不说就拿我当平行转移的实验品。虽说身体长大了，但性格还是一点都没变啊。我看小栞低着头，脸上露出和当时一样的表情时，不禁再次苦笑起来。

"那今后我要是遇到困难了，你就来帮我吧。"

我用自己的方式安慰了小栞。我想象着小栞因为这句话露出笑容，充满活力地朝我点头的样子。

但没想到小栞依旧皱着眉，脸上一点笑容也没有。

"帮是肯定会帮的……"

"什么呀，你对我哪里不满意吗？"

"不是这样的……因为小历是我的朋友啊。"

"是朋友又怎么样？"

"嗯……那我不就没办法说'我的名字不值一提'了吗？"

"啥？"

这孩子到底在说些什么呢？

"不求回报的助人为乐，不都是这样的吗？帮助不认识的人，被问起姓名时，就说'我的名字不值一提'，所以帮你是不行的。"

小栞说这话时的表情非常认真。

我忍不住叹了口气。

"你有时候还真是个傻瓜啊。"

"什……什么？！我才不是！"

看到小栞一脸快要哭出来的表情，我不禁想要摸摸她的头。

● ● ●

为了完成昨天一起爬山的约定，今天我们也一起出门了。

说是要爬山，但爬山这件事本身并不是目的。那座山的山腰上有个有趣的地方，我的目的是要到那里去。沿着铺好的路就能直接走到那里，所以我和小栞喘着气，推着自行车爬坡。

自行车在上山时完全是累赘，但我们抱着有了自行车，下山时就能一口气冲下去的想法，坚持爬坡。最后终于抵达了目标停车场，把车停在那里。真没想到花了这么长的时间。我们是三点左右出发的，现在一看手表已经五点多了。从车站到这里花了两个多小时。我想可能是因为半路上有些迷路，而且越靠近目的地上坡就越多。因为地图上的距离只有十公里多一点，我们有些"轻敌"了。

不过，到了这里，就不怎么需要爬山了。虽然还没到山顶，但离目的地已经很近了。我们沿着手绘地图上的路线朝最终目的地前进，大约五分钟后就找到了写有"钟楼展望台"的标牌，一路上也没怎么迷路。

看到那个东西，小栞睁大了眼睛。

"钟？"

没错，就是钟。山顶上有一座除夕夜和尚会敲的大钟①。

"这里是展望台吗？"

小栞有些不高兴地嘀咕道。虽然在这里也能俯瞰街景，但周围树木丛生，并不怎么像展望台的感

① 在日本习俗中，除夕夜跨年时寺庙会敲打佛钟，敲打次数多为108次。

觉。费这么大劲推着自行车爬上来，却看到这幅景象，会觉得不高兴也是理所当然的。

但好戏还在后头。

"小栞，跟我来。"

我朝小栞招手，带她来到大钟的另一侧。

"啊！"

一条几乎垂直的梯子从钟楼的屋顶上延伸下来，上面是一个约一人宽的洞。

"这个……难道说，可以爬上去？！"

"答对了。"

看着一脸喜悦的小栞，我也不禁笑容满面。我就是为了看到小栞这样的表情才带她来这里的。

这里是灵山钟楼展望台，位于车站以南十公里左右的灵山的山腰上。这里原本是一座名叫灵山寺的寺庙的钟楼，但屋顶上被改造成了展望台，实在是个有趣的景点。我之前在研究所里听人提起过这里，总想着有一天过来看看。

"我先上去，你跟在我后面，当心脚下。"

"嗯。"

我慢慢爬上陡峭的梯子，到上面也故意不看景色，而是先把小栞拉上来。

然后我们两人并肩站在一起，抬起了头。

"好棒。"

昨天去的美术馆的展望台标高还不到一千米，而这里的标高据说将近四千米，视野有着天壤之别。从美术馆看不太清楚的海，在这里能看得一清二楚。

"我一直想和小栞一起来这里。"

"嗯……谢谢你，小历。"

小栞眯起眼眺望风景，而我却在看小栞的侧脸。她飘逸的黑发随风舞动，桃子般香甜的气味飘进我的鼻腔。我好像做了什么见不得人的事一样，连忙转过头。

这时，耳边传来了更加令人喜悦的话语。

"我很高兴能和小历一起来这里。"

小栞面朝着我，有些害羞地笑了。

我的心脏"咚"地猛跳了一下。

怎么回事？心跳突然加快了。我的脸上充血，双颊发热，感觉连耳朵都有点烫。被小栞盯着看，我感到好害羞，整个人转向另一边。我祈祷吹拂在脸上的风能快点带走热气。

对话中断后的一段时间里，我们两人无言地看着风景。我偷看小栞的侧脸，果然也有点发红……

是我的错觉吗?

脸上的热度终于降下来后,我看了眼手表,马上就要六点了。虽然下山比上山要快,但差不多也该走了,否则回家的时候天都要黑了。

"差不多该走了吧。"正当我打算这么说时,我想起一件事。

把这个展望台的事告诉我的研究员这么说过:

"钟楼展望台上能看到绝佳的夜景。"

现在是七月末,太阳大概在晚上七点下山。再等两小时,就能和小栞一起欣赏到最棒的夜景。

天黑后回家很危险,而且还可能再次迷路。要是九点还没到家,肯定会被骂的。

不过,机会难得,我还是想看夜景。

我想看欣赏夜景时的小栞的侧脸。

正当我烦恼不已的时候,像是在告诉我正确选项似的,小栞开口了:

"喂,我们差不多该走了吧?"

我很清楚。那才是正确答案。

可是,我……

"那个,你知道吗,听说这里的夜景非常漂亮哦。"

"夜景?"

"嗯。所以，我们要不要在这里等到天黑？"

听我这么说，小栞皱起眉头，似乎很为难。

"可是……天黑要到八点左右吧。要是等到那么晚，回家得要十点左右吧？"

"回去的路是下坡，不会花那么长时间的。我觉得抓紧一点的话八点就能到家了。"

"天黑之后骑那么快很危险的。"

"但我听说这里的夜景真的很漂亮……"

我不再进一步强调自己的意见，闭上了嘴。再怎么想都是小栞说得对。

可是，小栞她……

"嗯，我知道了。一起看夜景吧。"

真的？我高兴得差点喊出口。

小栞用看任性小孩的眼神看着我，像是在说"真拿你没办法"。见她这样，我不知怎的觉得很难为情。

"不，还是算了，回家吧。"

我说完不等小栞回答就爬下了梯子。

"嗯？真的不看了吗？"

疑惑不已的小栞跟着我下了楼。之后两人一言不发地骑上自行车，开始下山。没错，骑车下山，天黑后很危险，这些我都无所谓，但万一小栞有个三长两短怎么办？

我一言不发，按着刹车，慢悠悠地骑行在山路上。

这时，骑在一旁的小栞靠了过来。

"等我们长大了，天黑回家也不会被骂的时候，再一起过来玩吧。"

她用温柔的声音这么说道。

"谁知道长大以后我们还会不会在一起玩！"

心里明明很高兴，我却闹别扭似的这么答道。唉，我这是在干什么呀？

"我做了个梦。"

小栞突然说道。

"梦？"

"嗯，我梦到未来的我坐时光机来见我了。"

我转过头，看见小栞一脸平静地看着前方。

"未来的我说，等我长大了，甚至变成老奶奶了，都还和小历在一起呢。"

啊！这可真是个好梦呢。

"小历变成老爷爷后得了痴呆，把我忘记了。于是我帮了你，然后对你说：'我的名字不值一提。'"

"你绝对会比我更早痴呆的。"

"哈哈，也许吧。要真是那样，到时候你一定得帮我哦。"

"嗯，好啊。"

"真的吗？"

小栞开心地看着我，聊个梦都能聊得两眼放光。

所以我也认真回答了她。

"我向你保证。你要是遇上困难，我一定会帮你。"

"嗯。"

我想也许……

我就是在这一天喜欢上她的。

• • •

我和小栞十四岁的夏天过得非常平静。

那天，我和小栞待在研究所的托儿室里。休息中的爸爸和所长也在，两人给我们上了一节简单的虚质科学课。

"你们知道虚质科学的'虚质'指的是什么吗？"

所长的问题让我和小栞面面相觑。虽然有个模糊的概念，但被这样问起，我也说不出个所以然。

"嗯……是海？"

"那只是个比喻。虚质科学的基础，是虚质空间这一概念上的空间。相对于由分子构成的物质空间，虚质空间是由虚质元素构成的。要把我们这个世界想象成是物质空间和虚质空间重叠而成的。"

所长平时说话的方式有些奇怪，但一认真起来，口吻就会变得像男人一样。这种时候，我也会不由自主地变得像个学生一样认真地回答她。

"也就是说，这个虚质空间可以比喻成海洋，是吗？"

"嗯，为了理解平行世界的概念，确实可以这么比喻……但在这之前，你们必须先明白虚质空间是'为了变化而存在的地方'。"

"为了变化而存在的……地方？"

"对。在这个世界，时间是流动的。创造出时间的就是虚质空间。而所谓的时间，其实就是变化。因此，虚质空间就是变化的地方。听上去可能有点矛盾吧？并不是因为时间存在，变化才会产生，而是变化就是时间本身。"

虽然我相信在十四岁的孩子中我算是聪明的，但开创一整个学说的天才所说的话，我还是没办法很好地理解。

我看向一直在安静听讲的小栞，她也用困惑的眼神看着我。我还以为小栞说不定能理解，但看样子她也没懂。

于是我向爸爸求助。自从父母离婚后，我一直让爸爸用简单的比喻向我解释晦涩的概念，就是为了在这种时候能派上用场。

爸爸不负我的期望，打起了比方。

"我想想……就比如说投球的时候吧。球并不是随着时间的推移往前飞，而是把球往前飞这种变化称为时间。"

"什么意思？"

"也就是说，这个世界上原本不存在时间，只不过是'不同状态'的连续而已。啊，说成是手翻画应该比较好懂吧。把一张张静止的画叠在一起翻动，画里的东西看上去就像是在动一样，对吧？我们把这种'看上去像是在动'的现象称为时间。明白了吗？"

"嗯，有点懂了。"

我点了点头。所长再次接过话头。

"而创造出'不同状态'的就是虚质元素。那是渴望变化的宇宙的意志，是想要和其他的自己有所不同的不甘寂寞的灵魂。"

这个人不只脑子灵光，偶尔还会诗兴大发。据说她很喜欢以前的动画、游戏和轻小说。听爸爸说，她经常引用那些作品里的固有名词和台词，但往往越听越让人感到一头雾水。

我还没请求翻译，爸爸就已经开始打比方了。

"假设这个世界是一本笔记本，虚质空间就是那些白纸。每一张纸上都可以随意绘画，最后组成一本手翻画。纸上的文字或图形就是一个个不同的物质空间。也就是说，纸张的材料是'虚质'，而印在纸上的墨水则是'物质'。虚质是为了构成物质而存在的，没有虚质，物质就无法形成。你们就这么理解吧。"

"嗯，这么说我就懂了。"

多年的辛苦终于有了回报，父亲已经完全掌握打比方的诀窍了。要是没有他的解释，所长说的话我肯定连一半都理解不了。小栞也点了点头表示理解，于是所长再次接过了话头。

"虚质空间里充满虚质元素。这些虚质元素构成了物质空间，而变化间的差异就形成了平行世界。在各个不同世界中变化的元素所描绘出的图案，我把它命名为'虚质纹'。用英语说就是'Imaginary Element Print'，经常缩写成'IP'。"

"再拿笔记本打比方的话，画在同一页上的各种图形就互为平行世界。换句话说，印在纸张背面的墨水痕就是虚质纹。"

我在心中再次感谢爸爸的比喻。

"我现在主要在做测定世界的 IP，并将平行世界间的 IP 差异数值化的研究。不过，现在暂时还没有观测虚质元素的方法，只能通过测定物质粒子，以模拟的方式推导 IP。通过将测出的 IP 的差异数值化，我们就能知道自己现在存在于距离原本世界多远的平行世界。虽然现阶段连试验品都还没完成，但我的构想是做成手表一样的装置。"

我稍微想象了一下。只要看一眼手腕上的数值，就能确定自己现在处在哪个平行世界，简直像是漫画的剧情一样啊。

"虚质科学就是研究如何通过观察、控制 IP，顺利移动到平行世界的学问。"

"爸爸和所长都在做一样的研究吗？"

"不，我的研究又有所不同。真正的研究内容其实不该随便说的。"

"说给孩子听而已，应该没关系吧？"

所长不以为意地说道。父亲无奈地耸了耸肩。

"怎么说呢……虚质科学被认为能对科学的进步做出巨大贡献，但这样发展下去，可能会出现利用虚质科学进行犯罪。"

"犯罪？什么样的犯罪？"

"准确来说不是犯罪，而是冤罪，也就是嫁祸。比如说，平行世界的小历偷了东西，然后平行转移到这个世界来。因为这个世界的小历没有偷东西，他的罪行自然也消失了。但代替他去到另一个世界的小历则会被冠上偷窃的罪名。这是完全有可能发生的。"

"真的吗？那该怎么办？"

"得想办法让罪犯没办法进行平行转移，这也是我们的工作之一。我做的就是这方面的研究。"

"嗯？"

小栞像在课堂上提问似的举起了手。

"那个，警察也转移过去逮捕他不就行了吗？"

"但警察怎么知道犯人逃到哪个世界去了？"

"哦，是哦，那……"

我和小栞你一言我一语地交换着意见。我本来就喜欢学习，跟小栞一起学习就更开心了。

爸爸和所长没有打扰我们，而是悄悄地在谈论些什么，偶尔还会朝我们看一眼。他们到底在聊什么？

趁我们的讨论正好告一段落，所长唐突地说道："你们两个在交往吗？"

这问题实在太过突然，我和小栞一时语塞。

"你们两个果然是那种关系吗？"

爸爸接着说道。

我还没理解那种关系指的是哪种关系，小栞就抢在我前头发了火。

"你……你们在说什么呢？！我跟小历才不是那种关系！妈妈这个傻瓜！"

虽然小栞偶尔会像妈妈一样做出怪异的举动，但她其实还是很乖的。我还是第一次见她这样反抗母亲，对她大声嚷嚷。

是那种关系，不是那种关系。我其实应该明白他们在说些什么，但不知怎的脑子一时短路了。然后，在我慢慢理解了他们的意思后，想到在爸爸和所长眼里，我和小栞竟然是那样的男女关系，我第一次对大人产生了厌恶感。

的确，就在前几天，我察觉到了自己对小枈的感情。

但我心中十分重视这份感情。或许就算我现在表白，小枈也会接受我。但我还想和她一起共度更多的时光，呵护这份感情，自然而然地发展成超越普通朋友的关系。一直以来，我和小枈的感情都是这样慢慢培养起来的。

这下可好，他们怎么能说出这种话？

我该说些什么才好？我和小枈小心翼翼地涂色的画布，被大人们擅自添上了决定性的颜色。

我和小枈精心描绘的画，已经没办法画成我所期望的样子了。

我有生以来第一次打了爸爸。

"别胡说了。"

十四岁的我和小枈是少有的没怎么经历过叛逆期的孩子。这大概是我们第二次叛逆期的开端吧。

被揍了一拳的爸爸仿佛不知道自己为什么被打似的，愣愣地看着我。所长也是一样。

对母亲感到生气的小枈见我打了爸爸，立刻变得一脸担忧。为什么要逼得小枈露出这种表情？我越想越火大，转过身背对爸爸。

"小栞，我们走。"

"嗯。"

我走出托儿室，小栞静静地跟在我身后。我有一瞬间想要握住她的手，但最后还是放弃了这个念头。

那之后，我和小栞两人来到附近的河岸，一边朝河里扔石子，一边痛骂彼此的父母。不过，我们毕竟是从没反抗过父母的孩子，说咒骂的话语还是有些缺乏魄力。

"妈妈太过分了。为什么要说那种话？"

"真是莫名其妙。我和你又没怎么样。"

"你的爸爸还说什么'果然'。"

"'果然'个屁啊。一个离过婚的人装得自己有多懂爱情一样。"

"我妈妈也是，明明自己把爸爸惹得那么生气。"

"真是胡说八道，我真该多打他几拳。"

我带着怒气把石子扔向河面，一肚子火无处发泄。

我想起小栞对母亲说的那句话：

"我跟小历才不是那种关系！"

没想到我会以这种方式听见我最不想听见的一

句话。

我现在明白了。我虽然察觉到了自己对小栞的感情，却迟迟不表白，就是为了刻意保持暧昧的距离，因为我唯独不想听到她说出这句话。

但小栞还是把这句话说出了口。

"我们根本就不是那种关系，对吧？"

"就是啊。"

两人间的关系，我本想保持暧昧，却因为大人们的错被下了定论。

·   ·   ·

我的世界从那天开始分崩离析——这么说是有点夸张了。但不得不说，我的世界确实从那天开始迅速地失去了颜色。

八月十五日。这是外公去世后的第一个盂兰盆节，我和爸爸一起去了妈妈家。自从那天打了爸爸之后，我就尽量避免和他见面，每天都出门和小栞一起玩，在家也总窝在自己的房间，几乎不和他说话，但这件事我还是没办法无视。

妈妈是独生女，所以到家里来的亲戚只有外公外婆的兄弟姐妹和他们的子女。我被不熟悉的亲戚包围着，用不习惯的姿势跪坐着，听和尚没完没了地念经和讲艰深晦涩的话。

那之后也是固定的情景：不认识的阿姨对我说"要快点长大哦"，我报以礼貌性的微笑；不认识的叔叔喝了酒后缠着我不放，我假装要去上厕所逃走……等亲戚们都走了，家里只剩下我、爸爸、妈妈和外婆四个人时，天已经快亮了。

大家一起收拾好残局后，外婆先去休息，一家三口久违地聚在了一起。三个人一起喝着妈妈泡的茶，我不知怎的觉得有点尴尬，但妈妈却用一如往常的口吻和爸爸说话。

"谢谢你过来。你其实是不太想来吧？"

"谁让你是独生女呢。"

爸爸妈妈的对话，我听着总觉得哪里不合拍。在我看来，妈妈是在问爸爸，在这样一个全是女方亲戚的场合，作为前夫会不会觉得不自在。而爸爸回答的意思是，因为都是远房亲戚，所以自己并不介意。正是因为爸爸的这种说话方式导致两人逐渐疏远，最后离婚。但不可思议的是，久违地和爸爸说上话的妈妈却开心地笑了。

"今晚住下吧？"

"不，我要回去了。小历要是想住就住下吧。"

"嗯，那我就住下吧。"

我冷漠地答道。就算他不问，我一开始也是这个打算。我现在还暂时不想和爸爸待在一起。

从我的表现中察觉到不对劲的妈妈用不解的表情看着我。

"小历，你和爸爸吵架了吗？"

"没有啊。"

"大概是叛逆期吧。现在正好是那个年龄。"

"是吗？也对，小历已经上初二了啊。想好要考哪里了吗？"

"上野丘或者舞鹤吧。"

"哎呀，真厉害。小历和爸爸一样很聪明呢。"

怎么回事？以前完全不会这样，但现在被说和爸爸一样，我心中就冒起一股无名火。不久之前，我还想和爸爸一样当个研究员呢。

"对了，"突然，爸爸坐正身子说道，"今天我有话要和你们两个说。"

"有话要说？"

妈妈不解地歪着头。我也是一头雾水，爸爸此前并没和我提过什么。不是对我说，也不是对妈妈说，而是对我们两个人说。他想说的事到底是什么？

难道是……

我抱着些许的期待。难道是……想要复合了？

爸爸和妈妈之间并没有什么决定性的问题。他们在离婚后也保持着良好的关系，这就是最好的证明。在和爸爸一起住的几年时间里，我在生活上虽然没遇到什么特别不方便的事，但也好几次想过要是妈妈在就好了。爸爸肯定也抱着同样的想法。

离婚的主要原因是两人聊不来。这是因为当研究员的爸爸以妈妈知道自己所具备的特殊知识为前提和她说话。但在两人离婚后，因为我多次要求爸爸用简单易懂的方式向我说明问题，这个问题应该已经得到了很大的改善。至少他已经达到了能把虚质科学这样复杂的学问比喻成水中的气泡向我解释的程度。

外公死后，妈妈和外婆两个人住在这栋大房子里。我从来没听她提起过再婚的事。或许爸爸现在想要复合，重组家庭了。

爸爸看向我，然后看向妈妈，说：

"其实，我正在考虑再婚。"

太好了！那一瞬间，我这么想到。

但妈妈的反应让我意识到，自己误会了些什么。

"是吗？女方是谁？"

女方？难道不是妈妈吗？

不是妈妈，那会是谁？除了妈妈，我要有另一个妈妈了吗？

我陷入了混乱，好像整个世界颠倒了一样。

因此，我并没能立刻理解爸爸接下来说的话。

"研究所的佐藤所长。你应该认识吧？"

佐藤所长？

"啊，怎么说呢，感觉我好像早就猜到了。"

"她也在几年前离了婚，现在和一个跟小历同龄的女儿一起住。"

和我同龄的女儿？

"那就是说，小历要有姐姐或者妹妹了呀。"

"生日好像是小历比较早，所以算是妹妹吧。"

等等，别自顾自地说个不停啊。

"小历见过那女孩吗？"

"嗯，每天都玩在一起，关系很好。"

那女孩，说的是每天和我玩在一起的……

"是吗？那兄妹感情应该会很好吧？"

小栞吗？

小栞，要变成我妹妹了？

我确实希望和她发展成超越普通朋友的关系，兄妹肯定不能算是普通朋友了。但是，这不对。我要的不是……

丝毫不顾已经停止思考的我，爸爸和妈妈的对话继续下去。

"这事你和女方提了吗？"

"嗯。现在她应该也在和她女儿谈这件事吧。"

"这事你是第一次和小历提起吗？"

"是啊。"

"那得先问问小历的意见。"

"嗯。小历，你认识我们研究所的所长吧，就是小栞的妈妈。"

"嗯。"

思考依然处于停滞状态的我反射性地回答道。

"你愿意让她当你新的妈妈吗？"

"我没意见。"

我没意见。我并不介意让所长当我的妈妈。

但是，让小栞当我的妹妹……

"是吗？谢谢你。现在还不用着急，不过我希望你接下来能多花些时间和所长相处。所以，以后也要记得常来所里玩哦。"

"嗯。"

我脱口而出道。但这样真的可以吗？

"总之，我先向你说一声恭喜。"

"谢谢。我希望你也能找到合适的人。"

"呵呵，你也不想想我都多大年纪了。女人跟男人可不一样啊。"

"是这样吗？"

"就是这样。"

"我不这么觉得。你是个很有魅力的女人。"

"要真是这样，你就不会和我离婚了。"

"那是因为我……"

"停，这是你的坏毛病，不要再这样不去理解对方，就一个劲儿把错揽到自己身上。你要学会怎么正确地去责怪别人。"

"总觉得，不像你会说的话啊。"

"呵呵，和你离婚后，我一直想着有一天要好好教训你一顿。"

"你果然是个有魅力的女人啊。"

"谢谢。既然你都这么说了，我就再努力看看吧。"

爸爸和妈妈有一搭没一搭地进行着大人间的对话。

在这期间，我一直在想小栞的事。

小栞要变成我的妹妹了。这么一来，一起相处的时间会变得更多。这是值得高兴的事。

但这样不对吧？

我并不是想和小栞成为兄妹啊！

想到这里，我又陷入了沉思。

那小栞呢？

爸爸说，所长现在应该也在和她谈这件事。

小栞现在在想些什么呢？

· · ·

父亲告诉我再婚的事后，我在妈妈家住下了。第二天，我不想直接回家，把小栞叫了出来。

我们约在学校附近的公园见面，若无其事地讨论着今天要去哪里。小栞肯定也已经听说了再婚的事，但我偷看了她好几次，她都一如往常地微笑着。

"那个，小历，我今天想去一个地方。"

小栞很少主动提出要去哪里，平时几乎都是我带着她去一些听朋友和研究员提起过的地方。

"哪里？"

"田之浦海滩。你去过吗？"

"啊，水族馆附近的那个？我以前去过一次。"

骑自行车大约要三十分钟吧。海滩边上就是国道，道路又宽又平整，骑自行车去正合适。而且海滩也很适合夏天去。

"我想去的就是那里。"

"可以啊，但得先回家拿泳衣才行。"

"不，我不是想游泳。我想在那里和你说点事。"

难得要去海边……我感到有些遗憾，不过，和女孩子一起去游泳好像也有点难为情。于是，我和小栞就直接骑上自行车出发去海滩了。

眺望着大海，沿着国道 10 号线往北骑行约三十分钟，右手边的海滨公园就是田之浦海滩。这里入场免费，很适合小孩独自去玩。

我和小栞随便在停车场找了个地方停车，走上海边人行道。虽然正值暑假，但盂兰盆节也过了，今天还是工作日，所以人并没有想象中的多。尽管如此，海水浴场里还是有很多人在游泳。看着他们，我也好想把汗淋淋的身子泡进水里。

我忍住想要游泳的欲望继续走着，看见沙滩上有一座形状像帆船的复合游乐设施。因为可以钻进钻出，那里已经成了儿童们的游乐场。

"小历，你钻进去过那里面吗？"

"只钻过一次。"

"里面是什么样的？"

"嗯……那是很小的时候了，我记不太清楚。"

"是吗？我想进去看看。"

"那就进去呗。"

"我没办法和那些那么小的孩子一起玩啦。"

我看着小栞的眼睛，一下就明白了她其实很想进去看看。但都这么大年纪了，还要混在一群小孩当中钻进去，实在有些难为情……好像之前也发生过类似的事。

田之浦海滩有趣的地方就在于海滩正中央有一座通向海里的桥，桥的另一边是一座叫作田之浦岛的小小的人工岛。跨过桥梁，沿着环岛路走一圈，一路上能看到穿着泳装直接躺在草坪上的人，还有凭我的知识储备只能认为是椰子树的各类树木，像是来到了南国的小岛。不过，在海的对面能隐约看到工业区的影子，另一边则是以猿猴栖息而闻名的高耸山脉。总之，这是个非常有趣的地方。

漫步在人行道上的小朵停下脚步，看向大海。

"真美！"

人工岛的北边是一望无际的大海，一眼望去，视野仿佛被天空和海洋一分为二，眼里只剩下无边无际的碧蓝。要是一直盯着看，感觉自己仿佛会被那片碧蓝给吸进去一样。要是没有栅栏，可能会有人在无意识间一步踏进海里。

"要坐下吗？"

岛的北边有一排长椅，其中正好有一张空的长椅位于椰子树的树荫下，于是我就试着问小朵要不要坐下。

"不了，我们去那里说吧。"

小朵指着一座建在草坪上的带顶休息所说道。休息所巨大的入口挂着一面小钟，像一座小教堂一样。

那是我刚才刻意没有提起的地方。

以前，我和爸爸妈妈一起来这里的时候，我清楚地记得妈妈装作在那个休息所里举行婚礼的样子。那时他们两人还没离婚。而且因为昨天听说了再婚的事，我其实尽量不想靠近那个会让人联想到结婚的地方。

不过，今天是小栞提出要来这里的。她应该也已经听说再婚的事了。

所以，才会有话要在这里对我说吧。

"嗯，好。"

我乖乖地点了点头，和小栞一起走进假教堂里。

说是像教堂，其实相似的部分也只有南面的入口，另外三个方向连堵墙都没有。但坐在里头的木质长椅上，我还是有种进了教堂的感觉。

在一旁坐下的小栞一言不发，沉默持续了一阵子。

怎么办？我是不是应该先开口？正当我这么想的时候，小栞终于轻轻开口了：

"你听说了？"

"听说了。"

听说了什么，我们心照不宣。

"吓了我一跳。"

"是啊。确实在研究所里经常看到他们在一起，但我还以为是因为工作的关系。"

"毕竟你的爸爸是副所长啊。"

"嗯？是吗？"

"你不知道吗？"

"不知道……我只知道他在所里好像还挺厉害的。"

"那你也不知道他们是大学同学吗？"

"啊，这我倒是知道。听说他们还一起建立了研究所。"

"不知道他们在读大学时有没有交往过。"

"我爸爸在读大学时应该就已经和我妈妈谈恋爱了。"

"嗯？是吗？"

"嗯，这是我昨晚听我妈说的。她告诉我他们是在大学认识的。"

"那你的妈妈和我妈妈也是同学吗？"

"我妈妈上的是另一所大学，不过她好像从我爸爸那里听说过所长的事。她说他们两个都很聪明，经常在一起聊一些难懂的事。"

"你的妈妈，对于再婚这件事，是怎么说的？"

"她好像说，早就猜到了。"

"是吗？"

小栞陷入了沉默。

爸爸、妈妈、所长，我并不清楚他们三人是怎样的关系，又是如何看待彼此的。我从没问过，今后也不打算问。我觉得这不是我们应该插嘴的事。

所以问题就在于对我们两人有直接影响的部分。

"我妈妈要变成你的妈妈了……你有什么感觉？"

"我其实并不介意。虽然我觉得她是个有点奇怪的人，但她很有趣，还教会了我很多东西。而且，还很漂亮。"

"嗯，我是不是该说句谢谢？"

"小栞你是怎么想的呢？我爸爸也要变成你的爸爸了。"

"我也不介意。我的想法跟你几乎一样。虽然觉得他有点怪，但也很有趣，还教会了我很多东西。"

"这么一看，我爸爸和你的妈妈还真像呢。"

"是啊，所以才合得来吧。"

说到这里，我们再次陷入沉默。不对，我想说的不是这些。

"我要和你成为兄妹了，你有什么感觉？"我想问的是这个。小栞应该也想问这个问题。我们一定都不知道要是被问起这件事该作何回答，也不知道问出口后对方会作何回答。

因为不知道，所以害怕。

"我啊……"

率先鼓起勇气的是小栞。真是丢脸。

作为男人，或许应该由我先踏出这一步，但我却一言不发地等着小栞开口。

"我其实总有种感觉……"

我盯着小栞的侧脸看。她眯着眼看向大海，脸上几乎没有表情。

她的脸颊。

黑发轻抚的，小栞洁白的脸颊。

"我感觉将来有一天，我会和你结婚。"

话一出口，她的脸颊瞬间涨得通红。

与之相对的，我的大脑变得一片空白。

小栞把手夹在两腿间，缩着身子，通红的脸颊上全都是汗。她流汗应该不是因为天气热。

"但是……要是成了你的妹妹，就不能结婚了吧？"

我一直非常不安。我不知道小栞是不是像我喜欢着她那样喜欢着我。或许一切都是我的妄想，小栞只把我当作普通朋友。就算父母要再婚，我们要成为兄妹，她其实也觉得无所谓……

这一切的不安，在这一瞬间烟消云散。

"小栞！"

我握住小棐的肩膀，把她的身子转向我。

脸颊依然通红的小棐眼泛泪光，目光游离地回望着我。

我不经思考地将脑海中浮现的话语说出了口。

“我们一起逃跑吧。”

● ● ●

那是一场夏天的逃亡——一场不可能成功的逃亡。

第二天，我和小棐一鼓作气，带着最低限度的生活必需品离开家门，骑上自行车，决定再也不回来。

“我们去哪里？”

“嗯……去哪里都行，只要跟你在一起就行。”

这漫画般的对白不知怎的让我觉得很有趣、很开心。总之，白天的时候我们兴致高涨，什么也没想，只管四处游玩。

最快乐的时光是去大型百货商场的家具卖场，两人讨论如果有了新家，要买什么家具的时候。那时的我真的幻想着要和小棐两个人一起生活。我想那一定是因为我已经隐约察觉到这场逃亡的结局，却不愿直视，只想逃避现实。

太阳西沉时分，我们开始思考晚上要住哪里。出于安全考虑，我们找了一个离便利店和派出所比较近的公园，在有屋顶的地方铺上野餐毯作为简易住处。然而……

"晚上好，我能问你们一些问题吗？"

警察来问话了。

"你们住在这附近吗？是和爸爸妈妈一起出来的吗？"

"不……那个，我们是自己出来玩的。"

"是吗？天马上要黑了，可别太晚回家哦。"

"好的，我们知道了。小栞，走吧。"

"啊？嗯。"

我收好野餐毯，拿起行李，骑自行车离开了公园。

天色开始暗下来后，警察一看到我们一男一女两个初中生待在公园里，都会上前问话。每次我们都说马上走，然后骑上自行车，就这样离市中心越来越远。

我们最终选定的过夜地点，是离车站四公里远的一处防空洞遗迹。这里绝对不会有人来，而且有屋顶和墙壁，还算让人放心。虽然这里在另一种意义上让人感到可怕，但我觉得只要和小枈在一起，一切问题都会迎刃而解。

问题还远不止这些。

在漆黑的防空洞中，我们并排坐在野餐毯上，披着各自带来的薄毯。防空洞里比外头要凉快，温度还算宜人。

我们还带了电池式提灯，但没能派上用场，因为一开灯蚊虫就会聚集过来。所以，我和小枈在伸手不见五指的黑暗中牵着手，讨论今后的事。

"这样行不通啊。"

"嗯，行不通。"

我们完全冷静了下来。

"我虽然把钱全带出来了，但要是住网吧的话一下子就用完了。但也不能一直这样生活啊，还得买吃的。说真的，就连过一晚都不太现实。"

"嗯，我想洗澡，还有换衣服。"

这么简单的事，我和小枈并不是不明白，只是装作不明白而已。我们只想着要逃避现实。

"明天一早我们搭电车去远一点的地方吧？然后找一份包住的兼职什么的。"

"那样也不错，不过我在想，要不要去废弃的铁路看看？要是能找到废弃的电车，就把车厢改造成住处。"

"啊，那也挺不错啊！像漫画一样。"

仿佛见到了希望的笑容瞬间被阴霾所笼罩。

"改造废弃车厢，初中生找包住的工作，完全不现实啊。"

"要是高中生还好说。"

"再过两年，等我们上高中了再逃跑吗？"

"可是，到时候我们就已经变成兄妹了。那么一来……"

成了兄妹，就没办法结婚了。所以，要逃跑只能趁现在了。

但从现实角度考虑，两个初中生想要私奔是不可能的。

"要是妈妈没有离婚就好了。"

小枭嘀咕道。

"要是妈妈没有离婚，就不会和你的爸爸再婚，我和你就不会变成兄妹了。"

"要这么说的话，我爸爸也一样啊，要是他没离婚就好了。"

这些话说了也没用，但我们能说的也只有这些了，已经没办法积极思考了。我们接下来只能乖乖回家，祝福再婚的父母，作为兄妹一同和睦地生活了吗？

"如果我妈妈……"

小栞话到一半突然停下了。

在震耳欲聋的寂静中，我似乎连小栞的呼吸声都听不见。她屏住呼吸了？这是怎么了？

难道警察连这种地方都不放过吗？还是流浪狗什么的？无论是什么，情况都不容乐观。我握紧了小栞的手，改变着姿势，做好随时起身的准备，悄悄问小栞：

"小栞，怎么了？"

"我想到了。"

小栞更加用力地回握我的手。

"想到了？想到什么了？"

"我们的逃亡地。"

小栞突然说出了完全出乎我意料的话。

我们的逃亡地？有这么一个地方，能让我和小栞不是作为兄妹，而是作为伴侣在一起吗？

"逃亡地？是哪里？"

我习惯了黑暗的眼睛在刚才就已经捕捉到了小

栞的轮廓。她把脸猛地靠上来，我几乎能感受到她的体温。幸好这里一片漆黑，要是有光的话，我肯定没办法保持冷静。

接着，伴随着小栞的呼吸声，我听到了那个词。

"平行世界。"

"嗯？"

"平行世界啊。你之前不是去过尤诺没死的世界吗？这么一来，肯定存在着我们的父母没有离婚的世界。我们要是能一起逃到那个世界，在那里，我们就不用当兄妹了！"

我的大脑逐渐理解了小栞的话。

所谓恍然大悟，一定就是这个意思吧。

"是啊是啊，小栞！为什么我没想到呢？！"

"是吧？！你之前就成功过一次，这次肯定也会成功的！"

移动到我爸爸和小栞的妈妈不会再婚的平行世界，当一对平凡的情侣。这真是再完美不过的解决方案了。

"对了，这么一来，我们就得再去一趟研究所。不知道那台机器现在变成什么样了。"

"妈妈之前说还没造好……不过，你通过那台机器去平行世界，已经是四年前了吧？"

　　说来甚至让人有些怀念。那是我和小栞奇妙的邂逅。

　　"嗯，那时候所长说机器还没造好，也没通电。但我确实去了尤诺还活着的世界。"

　　"也许只是妈妈没发现，其实机器早就造好了。"

　　"也许是只有小孩子才能用？漫画里不是经常有这种桥段吗？"

　　就在刚才，我还说漫画一样的剧情在现实中不可能发生，现在却已经忘得一干二净。

　　"哎，要是那样的话，我们的年纪会不会太大了？"

　　"不，我只是随口一说，并不一定是那样的。不过要说我们是大人还是小孩的话，那肯定还是小孩。"

　　"嗯，是啊。正因为我们是小孩，才会这样束手无策。"

　　没错。如果我们是大人的话，理应能够离开父母，过上二人生活，肯定不会落得这种下场。

　　"要做的话就要趁早。"

　　我随口说道。小栞像是在一直等待我这句话似的抬起了头。

"现在就去吗？"

"现在？"

"嗯，研究所经常开到很晚吧。现在……才八点，一定还没关门。晚上人也少，也许是个潜入的好机会。"

小栞充满气势地说道。我不知怎么就想起了四年前和小栞的邂逅。那时的小栞也像这样，不由分说地拉着我的手就走。

"是吗？嗯，是啊！好，我们走吧！"

我和小栞赶紧收拾好东西，骑自行车朝研究所冲去。

我们为想出了独一无二的好点子而感到兴奋，完全没考虑细节，就趁势飞奔向研究所。根本没人能保证我们的想法正确无误啊。

但是，存在于一个个看似可行的假说之上的，那摇摇欲坠的名为平行世界的逃亡地，是我们现在唯一的希望。

我们奔向平行世界。

我和小栞，一同奔向那个能够得到幸福的世界……

· · ·

　　和小栞想的一样，研究所的灯还亮着。

　　小栞轻车熟路地打开后门，毫不迟疑地快步走进迷宫似的大楼里，我只能勉强跟在她身后。研究所的内部构造，小栞比我清楚得多。

　　研究所里好像没什么人，应该只有几个所员在。我和小栞深感幸运，隐匿而大胆地前进，终于来到了记忆中的那扇门前。

　　小栞握住门把手，缓缓旋转。然而门却"咔嗒"一声轻响，把手停止了转动。

　　"门锁着。"

　　这是理所当然的。四年前我们潜入的时候门没锁，或许是那之后开始上锁了。不妙，这样就进不去了。

　　"没事。"

　　小栞这么说着，从钱包里取出一把钥匙。

　　"那难道是……"

　　"这扇门的备用钥匙。我偷偷把钥匙带出去配了一把。"

　　小栞毫无悔过之意地说着，打开了门。她平时性格乖巧，从不干坏事，但要是遇上自己感兴趣的事，偶尔也会做出大胆的举动。这一次，她的大胆帮了我们一把。

我们进入房间，锁上门。为了不暴露行踪，我们连灯也没开，用手机的灯光照亮脚边前进。

终于，我们抵达了目的地——那个舱体前。

"真是好久不见了。"

上次见面还是四年前通过这个舱体去往平行世界的时候。没想到自己还会有再次进入这个舱体的一天。

"好像真的没通电啊。没问题吗？"

"你四年前不也是这样去的吗？总之先进去看看吧。"

"嗯。"

我打开玻璃罩。舱体里空间狭小，看上去基本只能挤进一个人。

"我们谁进去？"

"嗯？不是要一起进去吗？要是去了不同的世界就没意义了啊。"

我刚才想到却刻意没说的话，被小栞直白地说了出来。两个人一起挤进这个狭窄的舱体里？真能行得通吗？

"但这是单人用的吧？"

"嗯，像这样……这样的话，就可以挤进两个人了。"

率先进入舱体的小栞以左肩在下、右肩在上的姿势躺在舱体的左侧。原来如此，确实，只要我用同样的姿势挤进右侧，舱体里就能容纳下两个人了。

不过……这样真的好吗？真的没问题吗？

"那我进去了。"

虽然心里动了邪念，但我还是在尽可能不碰到小栞身体的情况下，努力把身体往右边挤，进入了舱体。但即便如此，在这狭小的空间内，我和小栞还是只能在身体几乎紧贴的状态下面对面躺着。

通过照亮舱体内部的手机灯光，我看到小栞的脸变得通红。

"干……干什么啦！不是你让我进来的吗？"

我像是要推卸责任似的说道。我大概也涨红了脸吧。然而，小栞接下来的一句话，让我的脸变得更红了。

"嗯、嗯。但，那个……我还以为你会面朝另一边进来。"

对啊。这种情况下，一般不会面对面躺下吧。

"对……对不起！那我换个姿势再进来！"

"啊？"

我连忙准备起身离开舱体，但小栞握住了我的手腕。

"没关系，就这样吧。"

"可是……"

"没事啦。"

"嗯。"

我听小栞的话，回到舱体里，再次和她以几乎紧贴的状态面对面躺下。

在这个甚至能闻到小栞头发味道，感受到小栞气息的距离下，从刚才开始就能听见的心跳声似乎越来越响了。

"怎……怎么办？"

我的嗓音一下高了八度。真是难为情。

"你去平行世界的时候，是怎么做的？"

"我照你说的，在心里祈祷了，祈祷能去到尤诺还活着的世界。"

我一开始还抱着半开玩笑的心态，但途中逐渐变得认真起来。当然，我也不确定那到底是不是我成功转移到平行世界的原因。

"那我们也这么做吧，一起祈祷能去到他们没有离婚的世界。"

"光是这样就行了吗？那时候你在外面一直鼓捣机器，不是吗？虽然你说是随便操作的，但也可能是偶然按对了某个按钮啊。"

"可是妈妈说了，那个时候机器没有通电，对吧？所以肯定跟外面的机器没关系。"

"是吗？嗯，也许是吧。"

一心只想逃离这个世界的我和小栞选择了相信这毫无依据的推测。

"那我把罩子关上了。"

"嗯。"

罩子关上后，我更加确切地感受到了小栞的存在。

接着我们闭上眼睛，开始祈祷。

祈祷去向平行世界。

去向我的父母和小栞的父母没有离婚的世界。

去向我和小栞不用当兄妹的世界。

去向两人拥有美好未来的世界。

突然，小栞把手伸到我的背后，将身体靠近我。

我虽然吓了一跳，但也同样把手伸到小栞的背后，抱紧她纤细的身体。

"小历……"

听到小栞不安的声音，我竭尽全力用最坚定的声音回应她：

"没事的，我们一定能去到平行世界。"

"嗯，在那个世界再见，让我当你的新娘吧。"

"嗯，我答应你，让我们在那个世界结婚吧。"

我们抓紧了彼此的手臂……

• • •

荧光灯闪得晃眼。

一秒钟前我还在黑暗的舱体里，现在却到了一个明亮的地方。面对刺痛双眼的光芒，我先是闭上眼睛，然后慢慢张开，确认自己身在何处。

不会错的，这是我的房间。但仔细一看还是有细微差别，比如书架上放着自己没买过的漫画。看样子我移动到平行世界了。

第一步成功了。那么接下来要确认的，就是这个世界的爸爸有没有离婚。

这个房间是我和爸爸、妈妈三个人在一起生活时我住的房间。自从他们离婚之后我就开始和爸爸两个人住了，所以如果我在这间屋子里见到妈妈，应该就说明在这个世界他们没有离婚。

我看了眼手表，时间刚过晚上九点。妈妈如果在的话，应该还醒着。

我深呼吸了两三次，然后悄悄地将房门打开。

客厅传来微弱的电视声。爸爸已经回家了吗？还是……

不知怎么的，我蹑手蹑脚地靠近客厅，握住门把手。

我一声不响地慢慢转动门把手，一点一点地打开房门。

放松地坐在沙发上，看着电视的人是……

"妈妈！"

"哇，吓死我了！你干什么呀，一声不吭的！别吓我呀！"

不会错的。吓得差点跳起来，回头看我的那个人就是……

原本在我的世界中不应该出现在这里的，我的妈妈。

"妈妈，那个……你为什么在这里？"

"啊？为什么？我看电视不行吗？"

"啊，不，不是。不是不行……那个，爸爸呢？"

"爸爸还在研究所。今天可能会晚点回来吧。"

理所当然的对话。理所当然地出现在这里的妈妈。

不会错的。这个世界，一定是……

"那个，妈妈，我可以问你个奇怪的问题吗？"

"奇怪的问题？什么？"

"嗯……你和爸爸，没离婚吧？"

啊，我真是个傻瓜。肯定有更合适的问法吧。妈妈惊讶地张着嘴，脸上写满了疑惑。这也是理所当然的。要是他们没离婚的话，我问出这种问题根本就是莫名其妙。

但不知怎的，妈妈的表情突然变得温柔起来。

"那时候真是对不起。不过，已经没事了。爸爸妈妈不会再闹离婚了。"

太好了。太好了！这个世界是爸爸和妈妈没有离婚的世界！听妈妈的说法，两人似乎曾经考虑过要离婚。不过，在这个世界发生了一些事，让他们最后还是没有离婚。

没有离婚，就意味着爸爸不会再婚。那么，我和小栞就……

"对了，小栞。"

我想起来了。小栞也来到这个世界了吗？

我看了眼手机，里头没有小栞的联络方式。难道说，在这个世界我和小栞并不认识？不过，那也到今天为止了。如果小栞也和我一起来到了这个世界，那我和小栞……嗯，嗯，也并不能马上结婚。

啊？怎么办？我现在就想见小栞。她现在在哪里？糟了，我忘记和她说好来到平行世界之后在哪里见面了。我本以为两人大概会出现在同一个地方，但仔细一想，移动到平行世界的时候，似乎是会和那个世界的自己互换的。

不过如果是这样的话，那应该还是到我们刚才所在的研究所去比较好吧？小栞也可能抱着和我一样的想法去研究所了。就算她没去，只要拜托爸爸通过所长要到小栞的联系方式就行了。

好，去研究所吧，说是去接爸爸就行了。

"小历，怎么了？"

被我晾在一旁的妈妈有些担忧地看着我。是啊，在妈妈看来，我的行为相当莫名其妙吧。但对不起，妈妈，我现在没空顾及这些了。

"那个，妈妈，我可以去接爸爸吗？"

"嗯？我说小历，你到底是怎么了？"

我无视疑惑的妈妈，走向玄关。真的对不起，但我现在马上就想见到小栞。等回家之后我会好好解释的。

我从鞋柜里取出一双看起来像我穿的鞋子穿上。尺寸正好，磨损的地方也一样。毫无疑问，这里曾经存在过另一个我。但从今天开始，这里就是我的世界了。

然后，我打开了那扇通往我和小栞未来的大门……

· · ·

我身处黑暗之中。

"啊！"

突然被投入黑暗之中，让我感觉眼球上像是紧紧包裹了一层黑色的黏膜，异常压迫。当然，那只是我的错觉，随着时间的消失，我的眼睛逐渐适应了黑暗，也掌握了周围的状况。

我躺在狭小的舱体中，手中抱着某样柔软的

东西。我能感受到温暖的体温和刚才闻到的头发的香味。

是小栞。不知什么时候，我已经置身于黑暗之中，紧抱着小栞。

难道说，我回到了原本的世界吗？

为什么？怎么会？难得成功移动过去了！

小栞回来了吗？说到底，小栞移动到平行世界了吗？

"小栞，你知道是怎么回事吗？"

我问怀中的小栞，但她却没有回答。

"小栞，怎么了？"

我再次问道。没有回答。我感受到的只有怀中的体温和重量。是睡着了吗？还是说，她去了平行世界？如果是那样的话，平行世界的小栞应该出现在这里才对。

"喂，小栞，快醒醒，小栞……"

我用左手捏了捏小栞的脸颊，没有反应。

这时，我意识到了一件事。

处在这个狭小的空间中，我可以从很多个方面感受到小栞的存在。

温暖的体温，香甜的气味，以及——气息。

"小栞？"

我近得几乎要贴上她的嘴唇。

我感受不到小栞的气息。

"小栞？小栞？！"

我把手放在小栞的嘴上，将注意力集中在手背。但是，我还是感受不到小栞的呼吸。她没气了？为什么？！

"小栞！可恶，这里太挤了。"

我试着推开玻璃罩，但再怎么努力也推不开。我忘了这个舱体的罩子从内部是打不开的。怎么办？大声呼救吗？偷偷潜入的事会败露的……不，现在不是考虑这些的时候了！

"有人吗？！有没有人啊？！救救我们！"

我拼尽全力大声呼喊，同时不断敲打玻璃罩。研究所里应该还有人在，希望他们能注意到我。

在我闹腾了一阵子后，屋里的灯突然亮了。有人注意到我的声音，跑过来了。我再次喊道：

"在这里！快打开！"

"小历？！你在干什么？！"

不知是幸运还是不幸，出现在罩子另一侧的人是爸爸。

"啊，我女儿也在。哎呀，你们两个真是……"

旁边出现了所长的脸。如果可能的话，我不希望这两个人知道这件事，但现在没办法要求那么多了。

两人打开玻璃罩后，我连忙从舱体中出来。

"不是说了不能随便进这台机器……"

"小栞！小栞她没气了！"

我打断所长的话大喊道。

听到我的话，所长和爸爸面面相觑，一言不发地从舱体中将小栞抱出来。要是平时，所长肯定会问这问那，但两人立刻明白小栞的情况不容乐观，现在不是说教的时候。

所长盯着小栞看了几秒，然后用自己的手机打了通电话。

"是我，这里有个紧急的病人，情况很特殊，马上派一辆车到研究所来。"

她简短地说完后挂断了电话，开始对小栞进行人工呼吸。爸爸配合着她进行心脏按压。

我没能理解究竟发生了什么。

我不知道爸爸和所长正在努力挽救着小栞的性命，只是茫然地望着他们。

赶到研究所的车辆将小棵送到附近的大学医院，不仅所长，我和爸爸也跟了过去。然后，在医生检查小棵的时候，爸爸和所长理所当然地开始询问我事情的来龙去脉。

"小历，发生什么了？赶快解释。"

爸爸冷静地问我，看上去一点也不生气。至于所长，至少表面上看起来和平时没什么区别。

"我们想逃去平行世界。"

"逃？为什么？"

"因为爸爸和所长要再婚了。"

听到我的坦白，爸爸和所长面面相觑，睁大了眼睛。

"难道你反对我们再婚吗？你不是说，你不介意让所长当你的妈妈吗？"

"我不介意。我不是接受不了所长，我是接受不了小棵当我的妹妹。"

"为什么？我还以为你和小棵关系很好啊。"

"就是因为关系好啊。"

爸爸和所长似乎都不明白我到底想说什么。再怎么难以启齿的话，我也不得不说出口了。

"成了兄妹的话，我和小栞就没办法结婚了吧？"

说到这份儿上，爸爸似乎终于理解了我的意思。

"你们果然互相喜欢对方啊。我之前试探性地问了问，看你们都否定了，我还以为……"

是我揍了爸爸的那次吧。如果我当时坦率地承认了，事情是不是会有所改变？

"我们愧为人父母啊，日高。听他们说不是，就全盘接受，不怀疑有其他状况，一点都没察觉到孩子们真正的心意，我们真的愧为人父母啊。"

所长重复了同样的话，轻轻摇了摇头。怎么回事？我有种自己做了坏事的感觉。

"不过，小历啊，你误会了一件事，就算变成兄妹，你们长大后还是可以结婚的。"

"啊？"

"就算双方的父母再婚了，只要孩子之间没有血缘关系，就可以结婚。你和小栞当然没有血缘关系，所以，就算我和所长再婚，你们也没必要逃跑啊。"

搞什么啊？

我根本不知道这件事。我想当然地认为兄妹是绝对不能结婚的。如果早知道是这样，事情肯定不会发展到这个地步。

"那……我们做的这些事……"

"不知道也没办法啊，没能明白你们心意的我们也有责任。所以，小历，把一切都说出来吧。到底发生了什么？"

我已经不想隐瞒任何事情了。我深刻地认识到了光靠小孩做出的判断有多么不可靠。所以，现在最好的做法肯定是把事情一五一十说清楚，请大人们帮忙。

"为了让我和小栞不成为兄妹，只要爸爸不再婚就行了。要是爸爸一开始没离婚，也就不会再婚。所以我们就想逃去这样的一个平行世界。然后，我们两个人一起进了舱里，去了平行世界。"

父亲和所长又对看了一眼，这次他们皱起了眉头。

"去了？怎么去的？那个舱体还没造好，连电源都没接上啊。"

"我也不清楚。但我和小栞在心里祈祷到爸爸没有离婚的世界去，然后就去成了。"

"祈祷了就去成了？去平行世界吗？"

"嗯，我之前就已经这样去过一次平行世界了。"

"好几年前，小栞进了舱体那次？"

"准确地说应该是在那之前一段时间，总之，我做了和那时候一样的事，至少我是移动成功了。我到了爸爸和妈妈没有离婚的平行世界，心想小栞应该也在同一个世界的某个地方，所以就打算去找她……接着突然我就回到了这个世界，然后我往边上一看，小栞，她没气了。"

"你知道为什么小栞会变成那样吗？"

"不知道，我真的不知道。"

我全都说出来了。我知道的只有这些。

我知道自己在平行世界做了什么，身上发生了什么，但至于小栞在平行世界做了什么，身上发生了什么，我完全不知道。

爸爸和所长都没有对我发火，这反而让我很难受。我希望他们骂我、打我，然后告诉我该怎么办。

第二天，小栞被转移到福冈的九州大学医院，听说在那里所长的人脉比较广。她把研究所托付给爸爸，去了福冈，说是这一阵子打算一刻不离地陪在小栞身边观察情况。我说我也想去，但被她拒绝了。她说一有进展就会告诉我，让我乖乖待在家里。我当然没办法反对她。

所长言而有信，立刻就把进展告诉了我。

当天晚上，我通过爸爸得知小栞的状态是……

脑死状态。

当时的我不具备关于脑死这种状态的任何正确知识，但光是"脑死"这两个字，就足以让我感到绝望。

我听说陷入脑死状态的人，基本上不可能再醒过来。

自那天起，我的世界失去了色彩。

名为栞的鲜艳色彩，无比唐突地从我的世界消失了。

● ● ●

那之后我如同行尸走肉。

什么也不想思考，也不知道该思考什么。但一个人无所事事地待在家里也很痛苦，所以我经常出门闲逛。

并没有想去什么特定的地方，但就是不想静静待着。

漫无目的地朝车站方向走去的路上，我的双腿自然而然地迈向了原本打算在暑假期间和小栞一起去却没去成的地方。

去那个地方的途中会经过一个大型十字路口。

沿着从车站向北延伸的中央路走十分钟左右，就来到了中央路和东西走向的昭和路的交叉点。这是这座小镇上最大的十字路口——昭和路十字路口。十字路口的西南角种着一些绿植，立着一尊叫"穿紧身衣的女人"的铜像。

我在那里的斑马线前等待绿灯。

突然，我想到……

我也许没必要等绿灯亮。

我也可以在红灯的时候，朝面前来往的车辆迈出一步，不是吗？

这么一来，我就能去小栞所在的地方了吧？

我听说小栞的心脏还在跳动。准确地说，是医学的力量让它跳动着。所以不能说是死了。

但是医生说苏醒的可能性几乎为零。

那和死了有什么区别？

也就是说，小栞已经不在这个世界上了。

再说，小栞变成那样，我也有责任……

我尝试着在红灯时朝斑马线迈出一步。

耳边响起巨大的汽车喇叭声，我下意识地退了回来。

不行，即使事情已经到了这种地步，我还是没有寻死的勇气。

一段时间后，面前的车流消失了。昭和路方向的信号灯变红了。

交通信号灯并不是一侧变红了，另一侧就会马上变绿。为了防止事故发生，每个十字路口都有信号灯全部变红的一段时间。

就在这十字路口空无一人的短暂的时间内。

我感觉在本该空无一人的斑马线上，空间似乎变得模糊了起来。

不，不是错觉。空无一人的斑马线上，出现了某样东西……某个人。

我确实看到了。

仿佛浮现在空气中的，是一个身穿白色连衣裙，一头黑色长发，和我年纪差不多大的少女。

那是我再熟悉不过的女孩。

"小栞……"

听见我的呼唤，半透明的少女抬起了头。

"小历。"

那仿佛直接在我脑海中响起的，是我再熟悉不过的声音。

"对不起，我……变成幽灵了。"

女孩这么说道。

幕 间

我站在十字路口。

小镇的灯光突然照进适应了黑暗的双眼，让人目眩。

片刻前，我还身处能够听见彼此呼吸声的寂静之中，突然，车辆的引擎声和人潮的喧闹声震耳欲聋，让我双耳作痛。

我不由得缩起身子，捂紧耳朵。好几秒后，我慢慢抬起头。

我站在十字路口。

这是个很大的十字路口。我很熟悉这个地方。这里是全镇最大的昭和路十字路口。

我为什么在这里？我刚才不是在其他地方，做着其他事情吗？在一个更黑暗、更狭小的地方……

没能弄清状况的我，再次环顾四周。

我看着斑马线，有两三个人跑上了人行道。

视线的更前方是两个人影，他们回头看我。两人并排而站，挨着肩膀。其中一人，是我的妈妈。

另一个人则是……

"爸爸！"

我不禁大声喊道。

自从大吵一架离婚之后，再也没见过面的爸爸和妈妈，现在正亲昵地站在一起，回头看着我。这种事在我的世界是不可能发生的。

于是，我想起来了。

我想起自己刚才正想要移动到令这种事成为可能的平行世界。

成功了。

我真的移动到父母没有离婚的平行世界来了！

我们隔着斑马线相望。为什么我们离得这么远？刚才不是在一起过马路吗？啊，对了，我移动到平行世界的时候，因为世界变换得太过突然，吓了一跳，在原地呆站了一阵子。和我一起过马路的妈妈和爸爸没注意到我停下，穿过马路后发现我不在身边，才回过头来找我。

妈妈一脸担忧地看着我，一旁的爸爸也是同样的表情，这让我非常开心。在这个世界，爸爸和妈妈真的没有离婚。

也就是说，在这个世界，我和小历可以结婚了。

我雀跃不已，在斑马线上奔跑起来，想要追上两人。

妈妈和爸爸脸色一变，朝我摆手。

我的耳朵还听不太清楚声音，听见声音后大脑也无法清楚地识别。

我的双眼还没适应小镇的灯光。看着父母并排而站的样子，我感到头晕目眩。

在我注意到红灯和撕裂耳膜的汽车喇叭声时，已经太晚了。

一辆车飞速向我冲来。

我意识到这件事大概只用了不到一秒钟。就在那一瞬间，我开始思考自己接下来会怎么样。

这么下去会被撞的！我会死？得赶快跑开！但来不及了！怎么办？我该怎么办？！

这时，小历的脸浮现在我的脑海中。

对了！

平行世界！逃到平行世界去就行了！只要在被撞前逃到平行世界去就行了！

拜托了，快动起来。快……

・・・

我睁开双眼。

我站在十字路口。

得救了？我的安心没能持续多久，另一辆车就朝我开了过来。

啊，这次真的完了。

我蹲下身子，抱着头，用力闭上眼睛。

然而，无论我再怎么等，也感受不到冲击。但我却能听见车辆不断从我所在的地方呼啸而过。到底是怎么回事？

我提心吊胆地睁开眼睛。

我又看见了车辆的保险杠。我再次蹲下身，闭上眼睛，还是感受不到冲击。

我就这么闭着眼睛蹲了一阵子，车辆的声音终于停下，我听见了耳熟的旋律，那是斑马线的信号灯变绿时的提示音。

这次我听见耳边传来人潮的喧闹声。我站起身，慢慢睁开眼睛。

人群走在信号灯变绿的斑马线上。

机动车道是红灯，车辆都停下了。我的身体一点也不痛，安然无恙。

我理解不了现状。难道是开过来的车辆都完美地避开了我？怎么可能？！

就在我这么想着的时候，我看见有一群人朝我走来。我下意识地想要避开，抬起了腿。

我感受不到自己的双脚踩在地面上。

在我察觉到不对劲的瞬间，那群人中的一个眼看着就要和我正面相撞了。

然后，那人的身体直接穿过我，像是无事发生似的继续往前走。

"啊？"

我呆站在原地，不断撞上行人……不，准确来说，我其实一个人都没撞上。

走在斑马线上的人们和我重叠，然后穿过我，朝马路另一边走去。

仿佛我不在这里一样。

我害怕极了，看了看自己的手。

"啊？"

我的手，不……不光是手。

我的手，我的脚，我的身体……

我的全身几乎变得透明，人潮、声音和光线都直接穿透了我。

就这样，我成了十字路口的幽灵。

第 三 章
少 年 期 （ 二 ）

"虚质元素核分裂症。"

所长念出写在白板上的文字，用拳头敲了敲白板。

"我决定暂且将我女儿的状态这么命名。"

我集中注意力，不想漏掉所长说的任何一个字。

今天一大早，我按照爸爸的吩咐和他一同来到研究所，就和所长三个人窝在会议室里。

小栞陷入脑死状态后，已经过了一个月。

所长频繁来往于研究所和大学医院之间，有时爸爸也会跟去。我也常被叫到这两个地方，作为曾经历过两次远距离平行转移的样本接受检查。

不过，他们一次都没让我见小栞。

小栞的病情都是爸爸告诉我的。不见好，毫无变化——总是这样。无法接受这个事实的我上网搜索了脑死状态，结果却让我陷入绝望。

和大脑还活着，能够自主呼吸的植物人状态不同，脑死意味着大脑已经完全死亡，无法自主呼吸，恢复的可能性几乎为零，大多数脑死患者在一周之内就会死亡。

也许小栞早就已经死了，只不过是所长和爸爸一直瞒着我而已？

现在我常常毫无来由地想要突然大叫，有时会真的叫出声来。食欲不振，时而莫名地充满敌意，时而无比消沉。我有过自杀去追随小栞的想法，但却连自杀都觉得麻烦，幻想着什么也不做就能停止呼吸。

处于这种状态的我，在暑假结束后也没去上学。我每天往返于家、研究所和大学医院之间。所幸大家对我很好，也许就是因为这样我才没有发疯吧。

几天前，就在我活得几乎像个废人的时候，所长突然说有重要的事要告诉我，让我去一趟研究所。

现在这种时候有重要的事要告诉我，只可能是小栞的事。

于是我今天绷紧了理智之弦，来到这里听所长说话。

"小历,首先我要告诉你,小栞的心脏还在跳动,她现在正依靠着人工呼吸器保持心跳。"

所长一改平常古怪而亲切的说话方式,口吻冷漠得像个男老师一样。她认真起来总是这样。

"小栞还活着吗?"

"这是个很难回答的问题。她的脊髓没有坏死,能做出脊髓反射,体液分泌和体温变化等生理现象也依然存在。不过,她已经完全丧失了大脑机能,失去了自主运动能力、五感、思考能力、智力、记忆力和感情。而且,大脑机能一经丧失,几乎不可能再次恢复。要问这种状态是活着还是死了,就取决于个人的生死观了。"

也就是说,小栞的身体还活着,但心已经死了吗?

"但我听说脑死的人在一周内心脏就会停止跳动。"

"你查过了?大多数情况下确实是这样,但生命活动维持了一周以上的案例也不在少数。一篇论文表明,过去三十年间长期生存的案例在三位数以上,其中有七例存活了至少半年。还有戴着人工呼吸器出院的案例,其中最长寿的存活了十四年半,在作者写论文的时候也还活着。"

"那小栞应该也暂时不会有事吧？"

"我指定了值得信赖的医务人员，用最先进的设备维持小栞的生命，不会让她轻易丧命的。"

听所长这么说，我暂且松了口气，但现在还不是放心的时候。

"言归正传。像小栞现在这样大脑机能完全丧失的状态，一般被称为'全脑死亡'，但我决定对小栞现在的状态进行重新命名。"

"也就是，虚质元素核分裂症？"

"没错。脑死一般是因交通事故和疾病等对大脑造成无法恢复的伤害而导致的结果。但这次经过缜密检查后，发现小栞的大脑没有受到任何损伤，只是机能停止了。"

大脑没有损伤这个结果我并不惊讶。这个世界的小栞并没有遇上交通事故，只是躺进了舱体里而已。

"那么，小栞的大脑机能为什么停止了？我认为有可能是受到了平行转移——在平行世界间移动的影响。"

终于进入正题了。在这件事上，毫无疑问我必须负起责任。

"你在过去曾两次通过艾茵兹瓦赫的摇篮进行平行转移。其中一次自不必说，就是上个月和小栞一起转移的时候。"

"艾茵兹瓦赫？"

"不用在意。那是我从前喜欢的一本小说中的词语。①"

这么一说，我想起爸爸告诉过我，所长很喜欢以前的漫画、动画、游戏和小说。据说虚质科学和平行世界的概念，在很大程度上也受到了这些作品的影响。

"那台装置至少在我的认识中是还未完成的。在你两次转移时，应该连电源都还没接上，然而你却转移成功了，为什么？"

问我我也不懂啊。我默不作声，催促她继续说下去。

"平行转移基本上是一种自然发生的现象。如果世界相近，常有浑然不觉地转移过去，然后浑然不觉地转移回来的情况。这种时候产生的世界间的细微差异，就是造成错觉和记忆错误的原因。"

————————

① 出自赤月驱矢《我和你有致命的认知差异》。

这些我都清楚，普通大众也都有所了解。

"但世界间的距离越远，自然转移就越难以发生。你的第一次长距离转移，移动到了外公死去的世界。第二次移动到了日高和高崎小姐没有离婚的世界。两次移动都去了相当遥远的世界，但你却成功转移了。而且，只是想着要去就去成了。自由地进行平行转移，这正是我们研究的目标之一。"

被这么一说，我感觉自己像是个未知生物一样。这一个多月来我接受了各种莫名其妙的检查，就是为了这个吗？

"虽说这还只是假说，但我认为有些人比一般人更容易进行平行转移。"

这指的是我吗？

"说到底，小历，你知道平行转移为什么会发生吗？"

"不……不知道。"

"是吗？日高，你既然要教就该连这个一起教啊。"所长将矛头指向一直保持沉默的爸爸。

"我原本心想差不多是时候告诉他了，但他那段时间突然不来研究所了……不，那也是我的错吧。"

爸爸指的是他和所长瞎猜我和小栞关系的那件

事吧。

"嗯……那件事我也有责任啊。我们真的不行啊，日高。我们也许是读书读过了头，已经无法理解他人心情了。"

"确实是啊……对不起，小历。"

跟我道歉也没用。小枼之所以变成这样，直接原因肯定在我。

"为了浅显易懂地说明虚质科学的概念，我建立了'艾茵兹瓦赫的海与泡'的模型。这你应该也知道吧？就是拿大海来举例子。把虚质空间比作大海，把最初诞生在海底的气泡比作原始世界，把垂直方向比作时间轴，而那些不断变大、分裂，在艾茵兹瓦赫海中上浮的气泡，就是我们所居住的无数平行世界。"

这大概是爸爸最初教给我的虚质科学的概念，我很快就理解了。

"从元视角来看，这些气泡可以分为宏气泡和微气泡。简单来说，宏气泡就是一个个世界，微气泡就是我们这些生活在其中的人。这些气泡是从同一个气泡分裂而来的双生气泡，气泡之间存在着类似分子间引力的作用力。在此基础上，如果受到宏气泡在运动中产生的惯性力影响，气泡有时会弹跳出去，和相邻的双生气泡交换。气泡间距离越近越容易恢复原状，但如果由于某种原因和遥远的气泡互换了，就需要很长时间才能恢复到原本的状态。"

简单来说，这就是把平行转移比作了海和气泡。

"接下来我要说的还完全处于假说阶段，我们猜想有些联结紧密的双生气泡会更容易脱离宏气泡。可以说这些气泡的虚质密度更高，或是想要改变的意愿更强吧。这些气泡如果强烈渴望移动到平行世界，虚质就会回应它的要求，引发平行转移。"

"这气泡，就是我？"

"这目前还只是假说而已。"

如果这个假说是正确的，也许在我的帮助下，那个舱体——艾茵兹瓦赫的摇篮就能离完成更进一步？

"那个，我有一个问题。"

"什么？"

"虚质能够构成物质，对吧？"

"嗯。"

"反过来说，所有物质都是由虚质构成的，对吧？"

"对。"

"如果是这样的话，那比如铅笔、笔记本、小石子……这些物体也会发生平行转移吗？"

"嗯，没错。只不过这些物体就算转移，对世界也不会产生任何影响。因为转移的只是虚质，物质是不会互换的。简单来说，拿人类举例的话，互换的只有意识，身体是不会交换的。而物体本身没有意识，所以就算转移了也没有任何变化。准确来说，应该是产生影响的可能性非常低，就算产生了也是极为轻微的影响。"

"原来如此。"

比如我现在坐的这把椅子，或许此时此刻正在和平行世界的椅子互换。但是即便如此，世界也不会有任何改变。

"听明白了吗？那我要进入正题了。"

咚！所长再次敲打白板。对了，这只是进入正题前的铺垫而已。

"这些微气泡，要是在宏气泡间移动的过程中破裂了，会怎么样？"

宏气泡是平行世界，微气泡是人类。人类的气泡在往平行世界移动的过程中破裂了……

"会死？"

"不对。构成破裂气泡物质成分的虚质会和物质产生解离。"

这次不需要举例了，因为实例就在我们身边。至今为止的内容，都是为了浅显易懂地说明这个实例的情况而进行的宏大比喻。

"也就是虚质元素核分裂症吗？"

"没错。综合你和小栞的检查结果，你说的话，还有你在十字路口从小栞的幽灵口中听到的话，这就是我得出的结论。"

我已经把在十字路口遇见小栞的幽灵以及她对我说话的事告诉了两人。小栞在平行世界中差点被车撞上的瞬间试图逃到别的平行世界去，却在下一个瞬间变成了幽灵。

"和你一起进入摇篮的小栞，在你的虚质的作用下，和你一起进行了平行转移。但她抵达的时候是即将遭遇车祸的瞬间，于是她尝试着转移到不会遭遇车祸的世界。"

她以为自己能够逃走，毕竟她才刚成功移动到了平行世界。

"结果，在小栞的虚质冲破宏气泡，进入艾茵兹瓦赫之海的同时，微气泡破裂了。平行世界的小栞应该在那个时候就当场死亡了。平行转移原则上是与平行世界的自我进行互换。对方如果无法回到原本的世界，小栞也同样回不来。于是，小栞的虚质就这样残留在了艾茵兹瓦赫之海中，失去了物质，成了十字路口的幽灵。"

我并没能完全理解所长的话。

但我至少明白我要为小栞的现状负责。

"有什么办法能帮她吗？"

"如果我的设想没错的话，只要能观测到漂浮于艾茵兹瓦赫之海中的小栞的虚质，想办法对其进行控制，将其固定到原本的物质上就行。但实际情况是，目前虚质还无法被观测。如果今后虚质科学进一步发展，这种做法将完全可行。但从现实角度考虑，小栞的身体很可能撑不到那个时候。"

无计可施了。只有神才能拯救小栞。为什么事情会变成这样？我和小栞，只是想要得到幸福而已。

"这不是你的错。"

所长突然用平常的口吻说道。我的表情一定非常绝望吧。所长本该站在责备我的立场才对。都怪我，她的女儿才会陷入脑死状态，变成幽灵。她本可以骂我、打我。

"你为什么能这么冷静？"

结果，被所长安慰的我反而怒火中烧。

"女儿都变成这样了，你为什么还能这么冷静？！尽说些难懂的话，结果还不是帮不了她！既然这样，为什么不把责任推给我？！作为母亲，你难道不难过吗？！"

我知道自己说的话很过分，但我就是停不下来。

对小栎的爱，帮助不了小栎的不甘，因自己不争气而感到的愤怒，因大人们的冷静态度而感到的烦躁，还有，为至今仍把小栎独自留在十字路口而感到的焦虑……所有情绪纠结在一起，再不发泄的话我可能会疯掉。

"要是你们没离婚就好了。那样我就可以名正言顺地和小栎在一起了！"

我不顾自己的无知和愚蠢，责备着大人们。听我提到离婚的事，爸爸和所长似乎无言以对，保持着沉默。冷静下来想想，我和小栎也许正是因为父母离婚才相遇的，但我当时根本想不到这些。

"确实，像我们这样的人，也许就不该结婚。"

所长低声说道。爸爸微微皱起眉头。

"不过，小历，我就说一句。"

接着，所长用先前那样冰冷的目光盯着我。

"我怎么可能不难过，傻瓜。"

她的表情毫无变化，一行泪从眼中流出。

她的泪水让我的大脑瞬间冷静下来。

我真是个不懂事的孩子。这不是理所当然的吗？她怎么可能不难过？

所长是因为我才失去了自己的女儿，我有什么资格这样痛骂她？

我做出了非常过分的事，但我不知道自己该怎样承担责任。我到底该怎么办？现在我能做的，只有一件事。

"对不起。"

我能做的，只有说出这句话，低头道歉。

"没关系。我也管你叫傻瓜了，对不起。我刚才也说了，责任并不全在你身上。要论责任的话，你的责任其实是最小的，小栞自身的责任反而更大。"

所长用白大褂的袖子随手擦了擦眼泪，用平常的语气这么说道。话虽如此，这也不代表我的罪过已被原谅，我能就这么回到日常生活中去。

要说有什么事是我能为小栞做的，那只有……

"所长，小栞她有一把摇篮房的备用钥匙。"

"我知道，她就是用那把钥匙偷偷潜入房间的吧？这么说来，小历的责任就更小了。"

"请把那把钥匙给我。"

所长眯起的眼睛，目光变得锐利。

"为什么？"

"为了能让我随时使用摇篮。我要到平行世界去寻找帮助小枀的方法。我能很轻松地进行平行转移，对吧？"

就算摇篮还未完成，但我应该还是能移动到平行世界吧？既然如此，只要我不断转移到平行世界，找到小枀得救的世界，查清拯救她的方法，然后再回到这个世界就行了吧？

"或许是这样没错，但你最好不要再尝试了。我们还不知道转移有着怎样的风险。而且，你也可能会像小枀一样患上虚质元素核分裂症。"

"我不在乎，为了小枀，我什么都愿意做。"

"不能不在乎。我刚才说过了吧？做父母的不可能不难过。你也刚向我道歉了，不是吗？要是你真出了什么事，日高他……你爸爸他会难过的。"

听所长这么说，我看了眼爸爸。

爸爸始终保持沉默。在我对他和所长破口大骂的时候，他也一言不发。

说实话，我到现在都搞不太清楚爸爸的想法。不过，我们毕竟一起生活这么久了。

而且，我和爸爸，都是……

我直直地看着爸爸的眼睛，将自己的意志传达给他。

爸爸也直直地看着我。

然后，我们沉默地朝彼此点了点头。

"所长，你能把房间的备用钥匙交给小历吗？"

"日高，你在说什么？"

"没办法。一个男人愿意为了自己心爱的女人付出一切，我又怎么能阻止他？"

接着，爸爸朝我竖起了大拇指。他平常从不这样做。高兴得我也竖起大拇指回应他。没错，我和爸爸都是男人，我就知道他一定能理解我。

"真是不讲理啊，男人啊……既然你们都说到这份儿上了……"

所长看见我和爸爸的举动，无奈地叹了口气。

接着发出一声苦笑。

"我知道了。行吧。"

"谢谢你！"

“但有几个条件。在使用摇篮之前一定要向我或你爸爸报告。还有，使用时我会在一旁监控、记录全程。”

“好的。咦，不过这样的话，我拿钥匙不就没意义了？”

“别管那么多了，你拿着吧，给。”

“嗯？”

所长从口袋中取出某样东西递给我，我一看，是一把钥匙。

“这就是那把备用钥匙？为什么你会带在身上？”

“我在整理小栞的随身物品时找到的。那台设备现在还是公司机密，所以我本打算自己收着当备用钥匙，现在交给你了。”

“好的。”

仔细一想，我们相遇的时候，想去平行世界的是小栞。她想到父母没有离婚的平行世界去，但自己不敢使用摇篮，所以拿我当实验品。这么想想，还真是一次了不得的邂逅啊！

我回忆起小栞的脸和声音，握紧钥匙。

我坚信，这把钥匙一定能为我和小栞开启通往幸福的大门。

· · ·

　　从第二天开始，我过上了白天上学、晚上在研究所进行实验的生活。

　　之所以开始上学，是因为我明白了无知有时会毁掉一切，并且我决定要走上研究虚质科学的道路，这样一定能够帮助小栞。因为从小开始进出研究所，我似乎掌握了学习的诀窍，成绩也不断攀升。

　　在初中二年级时，我第一次在所长和爸爸的监视下进行了转移实验。

　　我躺进接上电源的摇篮，在心中祈祷能去往平行世界。我们决定第一次先去近一点的世界，于是我祈祷移动到相邻的世界。

　　几秒后，我睁开双眼。我仍然躺在摇篮里。爸爸和所长站在玻璃罩的另一侧往里看。

　　两人打开玻璃罩后，我坐起身来。

　　"成功了吗？"

　　被所长这么一问，我也回答不上来。因为所有的一切和几秒前完全一样。相邻世界间的差异很小，可能只是早餐吃了不一样的东西而已。仔细一想，我要怎样才能确定自己到了平行世界呢？

重新认识到这个问题的所长，决定加速研发出能够测定自己位于哪个世界的 IP 终端机。

不过，就算转移成功了，对我来说意义也不大。

两个世界间几乎没有差异，意味着在那个世界上小籴还是幽灵。

转移到太近的世界也没有意义。第一场实验唯一的收获就是得到了这个结论。

• • •

起初，实验的频率大概是两三个月一次。所长和爸爸不允许我频繁转移。更多时候，他们只是在测定各种数值，以及让我做一些不明所以的测试。他们说这能为虚质科学做贡献，我自然没有理由拒绝。

第二次的转移实验是三个月后。这次我尝试着移动到相隔四个世界的平行世界。

然而还是没什么变化。通过衣着的不同可以判断自己来到了平行世界，但小籴仍然还是幽灵。

我试着和那个世界的小籴交谈。

我来到十字路口，发现和我的世界一样，小籴带着笑容站在那里。

"啊，小历，你好。"

这个小栞，和我认识的小栞是同一个人吗？

"小栞，我其实是从平行世界来的。"

"啊，是吗？"

"在你看来，我和这个世界的我有什么不同吗？"

"我不清楚，看起来都一样。"

听她如此直白地说道，我备受打击。平行世界的我虽说也是我，但毕竟是另一个人，我希望自己是独一无二的。

但我也没资格责备小栞。

因为我也区分不出我的世界的小栞和平行世界的小栞。

我带着内疚的心情回到原本的世界，见了小栞一面。

"小栞，我来了。"

"啊，小历，谢谢你，我很开心。"

站在斑马线上，几乎透明的小栞露出缥缈的笑容。

小栞所在的位置离人行道只有两三步的距离。我总是站在人行道的边缘和她对话。小栞在这个位置被车撞了。只要再有那么两三步的时间，她应该就不会出事了。

"昨天，我久违地进行了平行转移。"

"是吗？结果怎么样？"

"抱歉，我还是没找到能帮助你的方法。不过，我一定会找到办法帮你的。"

"嗯，谢谢。"

像这样和她对话，让我感觉小栞仿佛就站在面前，什么事也没有。但只要信号灯一变，来往的车辆就会穿过小栞的身体。

等到信号灯再次改变，斑马线上没有行人后，我再次对小栞开口。

"小栞，最近发生什么奇怪的事了吗？"

"嗯……从昨天开始，我在穿紧身衣的女人的铜像附近总能看到两只鸽子。你说，它们会不会是恋人？"

小栞虽然表现得若无其事，但她每天二十四小时都必须待在同一个地方，该有多痛苦、多寂寞啊！

说真的，我其实都想住在这十字路口了。每当看到小栞挥手向我道别时那落寞的笑容，我都心痛不已。

如果可以的话，我每天都想到十字路口来，趁没人的时候和小栞说话。但如果每天都来，肯定没办法完全避人耳目。而且奇妙的是，只有我能看见小栞的幽灵。无论是爸爸、所长，还是过往的行人们，似乎都看不见。因为这样，镇上的居民们可能把我当成了怪人，躲得远远的。但想到这都是为了小栞，我也就觉得无所谓了。

听小栞说，偶尔也有人会注意到她，露出惊讶的表情。大概是所谓的第六感什么的吧。也许是因为这些人和容易进行平行转移的我一样，虚质密度比较高吧。

总之，我就像这样，不时和小栞的幽灵对话，在学习和实验中度过每一天。

• • •

第三次转移实验，发生在我刚升初三那年的五月。①

我越想越觉得移动到相近的世界也没有意义，于是在实验中祈祷一口气移动到相隔五十个世界左

————

① 在日本，新学年一般从四月开始。

右的世界。

我来到了一个完全没有印象的房间。

相近的世界和我的世界一样都在进行实验，所以平行世界的我也会在同一时间转移，我必然会移动到同一个地方，也就是摇篮里。

这是我第一次移动到摇篮之外的地方。这意味着这个世界的我没有在进行转移实验。也就是说，没有必要进行转移实验——换句话说，小栞也许并没有成为幽灵。

话虽如此，我首先得确定这里是什么地方。我拿出手机看了一眼，时间是晚上一点。为了防止事故发生，转移实验都在深夜进行。慎重起见，我确认了通讯录，上面没有小栞的名字。

我提心吊胆地走出房间，外面一片漆黑。毕竟都这么晚了，这也合情合理。我用手机的灯光照亮脚边，探索着陌生的房子。

我来到客厅，为了搜寻线索四处翻找。突然，房间的灯亮了起来。

我惊讶地转过头，看到站在面前的是爸爸……和理应已经和他离婚的妈妈。

"是小历吗？都这么晚了，你在干什么？"

爸爸的右手握着我修学旅行时买给他当礼物的木刀。难道我被当成小偷了？仔细一想，都这么晚了，还不开灯在屋里到处乱翻，也难怪他们把我当成小偷。

妈妈紧紧抓着爸爸的左手，看起来吓坏了。从她自然的举止来看，在这个世界他们应该没有离婚。

"小历，怎么了？"

可能是见我不回答有些担心，妈妈放开爸爸的手朝我走来，但我现在没空和她解释。

在这么远的世界里，小栞应该平安无事。我想见她。我满脑子只有这个想法。但是，手机通讯录上没有小栞的名字，意味着这个世界的我和小栞并不认识。

"爸爸，能不能把所长的女儿介绍给我！"

面对我突如其来的请求，爸爸显得惊讶又困惑。

"怎么突然说起这个？"

"研究所的所长有一个和我同龄的女儿，对吧？我想见她！"

"确实是这样没错，但你先把事情解释清楚。"

跟爸爸坦白应该也没关系。不过，这个时候的我无暇将复杂的来龙去脉解释给爸爸听。

于是，我将浮现在脑海中的借口说了出来。

"我之前在研究所见到她，对她一见钟情了！"

爸爸的表情凝固了。

与之相对，妈妈的脸上逐渐浮现出了笑容。

"哎呀，小历也到这个年纪了呀。该不会是想知道那个女孩住在哪里，所以才到处翻东西吧？"

"啊？嗯，没错。对不起，这么晚吵醒你们。"

"没事啦。不过，你可不能自作主张，找到地址就直接上门去找人家哦。老公啊，你就给小历好好介绍一下吧。"

"啊？嗯。是啊，这倒是没问题。"

就这样，在妈妈的帮助下，我在下一个休息日，见到了这个世界的小枀。

可是，出现在研究所等候室的小枀……

"那个，初次见面，我叫佐藤枀。"

她用非常见外，甚至带着戒心的声音，向我做了自我介绍。

我心想，这不一样。不同世界的同一个人，到头来还是不一样的人。

这不是我所喜欢的小枀。就算找到了一个小枀平安无事，却完全不认识我的世界，也不意味着我帮到了小栞。

为了帮助只属于我的小栞，我必须找到小栞和我相遇，却没有变成幽灵的世界，否则毫无意义。

· · ·

我向平行世界的爸爸说明了情况，终于说服他让我使用摇篮。回到原来的世界后，原来世界的爸爸和所长因为我擅自移动到遥远的平行世界而批评了我一顿，同时也为我平安归来而松了口气。

然而，我的心中却充满了不安。

我真的回到原本的世界了吗？这里是我原本所在的世界吗？

根本没有证据能证明这一点，不是吗？我凭什么能确定这里不是和原本世界相邻的世界？不光是这样，就连爸爸和所长，也可能是从其他平行世界转移过来的，不是吗？

在那之后，我的情绪变得十分不安定，实验也暂时中断了。

尽管如此，我在那段时间还是会去见小栞。据所长说，小栞的虚质在变成幽灵时被固定在了空间中，因此无法进行平行转移。另外，她还说人类在大多数情况下，一天都不会转移一次，基本可以认为自己所在的世界就是原本的世界。因此，我才能放心地和十字路口的小栞说话。

所长了解到我目前的状况，将能够测定自己现在身处哪个平行世界的 IP 终端机的开发优先级提到了最高。

结果，在我初中还没毕业之前，IP 终端机的试制品就已经完成，我也成了该装置的第一个测试员。通过装置把自己所在的世界设为 0 世界，将 IP 的差异数值化，就能知道自己身处相隔多远的平行世界。戴上装置的我恢复了平静，以更高的频率重新开始进行转移实验。

那之后，我通过摇篮进行了十次的平行转移。去的世界都是相对来说比较近的世界，在每个世界中我都跟离婚的爸爸一起生活，在研究所遇见了小栞。

并且，在所有世界中，小栞都变成了幽灵。

再用之前那个气泡的比喻来解释，其实被比喻为双生气泡的微气泡并不只有两个，只要是从同一个气泡中分裂出来的所有气泡都可以视为双生气泡。

简单来说，在距离这里较近的许多平行世界中，小栞似乎都遭遇了同一起车祸，变成了幽灵。

只不过转移了十次而已，还有无数个平行世界存在。那其中，一定存在着小栞获救的世界。尽管我一直这样安慰自己，但我还是不禁心想：这该不会，就是所谓的命运吧？

是不是只要我和小栞相遇了，不管再怎么挣扎，命运都会让我们走到这一步？

• • •

我十七岁了。

小栞的身体已经从九州大学医院运出来，被送到虚质科学研究所中新建的房间里，通过人工呼吸器维持生命。所长将研究所的一个房间改造成居住空间，和小栞二十四小时生活在一起。

我为了寻找帮助小栞的方法，不断进行着平行转移，却仍旧一无所获。

与此同时，我像疯了一样地学习，以第一名的成绩考上了全县最难考的高中。我先把这件事告诉生命维持室里的小栞，接着告诉了十字路口的小栞，她不停地夸我厉害。多亏有她，我才勉强没有崩溃。

但是，那一天终于还是来了。

那是个很冷的冬日。

"小历，"我正准备去上学时被爸爸叫住了，"今天跟学校请假，和我去一趟研究所。"

这是爸爸第一次让我请假去研究所，一定有很重要的事要告诉我吧。也许是小栞有恢复的迹象了。在前往研究所的途中，尽管我告诉自己别抱太大希望，但心中某个角落还是期待着能听到好消息。

我被带到为小栞特别建造的生命维持室。

"啊，你来了，小历，进来吧。"

所长请我进屋，少有的肿着眼睛，是熬夜了吗？

但我现在没空关心所长。特地让我请假来见小栞，一定是她的病情有了变化。我无视从爸爸和所长的态度中感受到的沉重气氛，去见了小栞。

床上的生命维持装置被移除了。

"小栞……"

我抚摸着小栞毫无血色的脸颊。

我在小栞的脸上，感受到了她和尤诺教给我的，我不想感受到的温度差。

"就在……一小时前，小栞她……停止了心跳。"

我心想，为什么不让我的心跳也一起停止呢？

• • •

在简单的葬礼过后，看着小栞身体燃烧时散发的烟雾从烟囱冒出，我身穿代替丧服的学生制服，来到十字路口，一直保持着十四岁模样的小栞的幽灵用微笑迎接了我。

"小历，好久不见了。"

"嗯，对不起。"

我之前每天都会来见小栞，最近三天却让她一个人待在这里。但我也没办法。我不知道该怎么向小栞解释，她的身体已经从这个世界上消失了。

"小历，你在为什么事难过吗？"

小栞的声音非常温柔。我什么也没说。

"没事的，小历，不要哭，还有我在。"

小栞伸出半透明的手想要摸我的头，手却穿过了我。

信号灯变绿，行人走上斑马线。

许多人从我和小栞身边经过。

没有一个人注意到小栞就在那里。

幕 间

自从小枈成为十字路口的幽灵后，虚质科学有了飞跃性的进步。

所长主导研究的 IP 终端机就是其世界性成果之一。那是一种手表型装置，通过测定虚质纹并将其数值化，使佩戴者确定自己身处哪个平行世界。试制品完成后，全世界的研究机关对其进行了测试。科学家们的努力没有白费，几年后 IP 终端机就开始广泛募集测试员了。

虚质科学研究所的研究内容也更进一步发展，爸爸主导研究的 IP 固定化就是其中之一。研究内容是通过持续观测在虚质空间中呈重叠状态的虚质元素，固定其量子状态，防止其变动。研究如果成功，也许就能在观测过程中防止平行转移现象的发生。这项技术若是得到普及，就能避免如在驾驶中突然发生远距离转移而引起车祸之类的情况发生。为了让人类接受平行世界的存在并生存下去，这项技术是必不可少的。话虽如此，由于虚质元素至今仍无法观测，这方面的研究仍旧是重中之重。

当然，能够使人自主转移到平行世界的装置——艾茵兹瓦赫的摇篮的开发也有所进展。研究方式说白了主要是人体实验（而且实验对象还是尚未成年的孩子），但知道这件事的只有我、爸爸和所长三个人。

所长把这种自主进行的平行转移称为"选择性转移"，将其作为研究所的主要研究项目，目标是在二十年内实现实用化。这项技术如果得以实现，平行世界间信息的同步化交流将变为可能。如此一来，可以预想到不仅虚质科学，甚至全世界的文明水平都将得到飞跃性的提升。

与日新月异的虚质科学相对，我的人生急转直下，变得黑暗而沉重。

小栞的身体已经从这个世界上消失，我的心灵支柱只剩下十字路口的小栞。

我本打算高中毕业后进入福冈九州大学理科院的虚质科学系。

所长原本就是这所大学物理系的学生，在学校期间独自对虚质科学进行研究，研究生期间前往德国留学，回到日本后以最短的时间当上了教授，在家乡的支援下建立了虚质科学研究所。爸爸也是当时的创始成员之一。

那之后的故事大家都清楚了。在我十岁的时候，所长在学术会议上宣布已经证实了平行世界的存在。在世间仍对平行世界的存在一片哗然时，虚质科学就已经成了一门正式学问，虚质科学研究所这座位于乡下的神秘研究所一跃闻名全球。

在这些成果的影响下，九州大学的理科院新设立了虚质科学系。以所长为首的多位所员被聘为兼职讲师，如果想要学习虚质科学，这里是全日本甚至全世界顶级学府。

我原本也想在那里学习虚质科学，毕业回乡后通过研究帮助小栞。但现在小栞的身体已经死亡，我再也坚持不下去了。要上九州大学就得搬到福冈去住，留下十字路口的小栞一个人。我不能，也不想离开小栞。

因此，我从高中辍学，然后马上进入研究所工作。当然，我不是通过正规途径受聘，完全是靠关系进去的。不过，所长和爸爸都很了解我的情况，所员们也从小看着我长大，我因此畅通无阻地混进了研究所。

十八岁时，我正式成为一名研究员，开始按月领取工资。我离开爸爸家，开始一个人生活。工资只够勉强过日子，但我本来就没打算奢侈度日，这点钱也够用了。

与此同时，我再次提起因为小栞的意外而不了了之的爸爸和所长再婚的事。在我的鼓动下，两人终于在第二年再婚了。不过，我并不是为了两人的幸福才这么做的。不，他们能过上幸福的生活当然再好不过。

我其实只是想一个人住而已。

我想尽可能把心思花在小栞身上。我想把空闲时间全部用于十字路口。我就是出于这个原因选择一个人住，但残存的些许理性令我不忍看着逐年老去的爸爸孤独生活。爸爸和所长之所以出乎意料地接受我的意见决定再婚，可能也是因为察觉到了我的这番想法。

于是，获得独处时间的我每天到十字路口和小栾见面。尽管如此，对待研究所的工作，我还是保持着认真的态度。我还没打算放弃帮助小栾。我依然继续通过 IP 舱（所长命名为"艾茵兹瓦赫的摇篮"的装置，不知何时开始，名字变得如此简朴）进行选择性转移的实验，并且逐渐开始进行远距离转移。

然而，尽管重复了近百次实验，但和我相遇的小栾无一例外地全都罹患了虚质元素核分裂症。

在一些遥远的世界中，从没遇见我的小栾过着幸福的生活。但无论如何，我都无法将平行世界的小栾看作我深爱的小栾。我喜欢的小栾只有一个。去的世界越多，我的这一想法就越强烈。

当时的我醉心于命运论。无论在哪个世界，只要小栾和我相遇了，是不是就一定会遭遇不幸？我的大脑被这样的想法所占据。就是在那段时期，我在和爸爸、所长讨论后，提出了"不可避免的现象半径"的假说。

假设在某个世界发生了一件事，在相近的世界中，这件事几乎必然发生，而遥远的世界则不会发生。我心想，能否将同一现象不再发生的世界之间的最短距离，或者换句话说，同一现象必然发生的世界之间的最远距离数值化？

用艾茵兹瓦赫的海和泡的模型来说明，现象也可以表现为一个气泡，在这些气泡中，以导致某种结果的原因气泡为起点，从那个气泡分裂而出的平行世界都被困在了同一类的现象引力中。这种现象引力是绝对无法摆脱的，无论在哪个平行世界，最后都会出现同样的结果。这就是我提出的假说。

这一假说在研究所的帮助下得以证实，最终成了虚质科学中的正式理论。由于这一范围半径能够通过 IP 数值来表明，我把 IP 和表示黑洞半径的词进行组合，将这一半径命名为"史瓦西 IP"，简称"SIP"。顺带一提，这个名字是所长提议的，大概又是参考了某部作品吧。

年纪轻轻并且高中辍学的我，因为理论被正式采用，在虚质科学界崭露头角。但我对这些事毫无兴趣。虽然通过这一理论拿到了研究费用，但我的目的说到底还是只有一个——拯救我的世界的小栞。

但讽刺的是，我自己提出的 SIP 恰恰证明了没有办法能够帮助小栞。在我和小栞相遇这一现象的史瓦西半径中，小栞无一例外地遭遇了车祸，变成了幽灵。

　　虚质元素的观测尚未实现。即便观测得以实现，变成幽灵的小枭的虚质得以回收，作为容器的身体也早已被火化。

　　在这种情况下拯救小枭的方法，我只能想到一个。

　　平行转移如字面所示，是虚质空间的平行移动。

　　这样是行不通的。平行移动救不了小枭。

　　能够拯救她的不是平行移动，而是垂直移动，也就是 ——

　　时间移动。

第 四 章
青 年 期 、 壮 年 期

我在二十七岁时和那位女性"重逢"了。

她以第一名的成绩毕业于九州大学理科院虚质科学系，进入大学研究院深造，发表的博士论文在学术会议上颇受好评，以最短时间修完博士课程。她拒绝了大学博士后和国外研究所的邀请，回到家乡，应聘我们研究所。听说她是我们研究所一名所员的女儿，她的父亲为她感到非常骄傲。

所长、爸爸和其他研究员听说年轻有为的新人要来，感到兴奋不已，但我对这事没什么兴趣。我只希望如果运气好的话，她能在研究中帮我找到拯救小琹的线索。

理所当然的，所员们一致同意那位女性即刻上岗，定在四月一日正式入职。顺带一提，我们研究所本身人员流动率就很低，那年只有一名新入职的员工。因此，所里并未特地举办入职仪式，入职时只是让所员们在会议室集合，简单认识一下，打个招呼而已，而且并不强制参加。我自然没有参加，而是默默地独自研究。

那之后，爸爸带她参观了研究所内的各处设施。当然，他们也到我的研究室来了。那是我们第一次见面。

不……

准确来说，这已经是我和她第二次见面了。

不过，我当时并没有意识到这件事。我对她没什么兴趣，连脸都没有仔细看，只是一言不发地向她点头致意。我心想，还是得好好做个自我介绍才行。我端正了姿势。

爸爸先向她介绍了我。

"他是这间研究室的室长，日高历，也是我的儿子，但你也不必太过拘谨。"

"好的。"

她给我的第一印象是冷漠的。镜片后那双细长的眼睛给人一种知性与冷静的感觉。她的表情也透露出她的性格。即便是面对今后将成为自己同事甚至是上司的人，她的脸上也没有丝毫谄媚。至少对我来说，这不算是负面印象。只要自身足够优秀就行。我反倒觉得那种喜欢奉承的人更麻烦。

"阿历，这就是我和你提过的新人。倒也不是因为你们两个同龄，不过我打算之后把她安排到你这里来。"

说实话，我觉得爸爸这样是在帮倒忙。尽管我不知不觉间升到了室长这个位置，但我的研究室中并没有正式的共同研究员①，更别提晚辈或是下属了。这一部分是因为我是研究所里最年轻的所员，但更重要的是，比起和他人合作，我自己一个人研究更能得出成果。这当然是我有意为之，目的是避免多余的人际交往。总之，我在那件事发生后的十多年里，脑子里想的只有小梾。

所长似乎对此并没有什么意见，但爸爸作为父亲，还是多少有些担心吧。他也许一开始就想好了，

---

① 共同研究员是一种较为正式的职务关系，往往需要取得公司、机构的批准或是由公司、机构直接指派。

如果有年轻的新人到所里来，就安排给我。

除了我，没有人知道我现在的目标是找到时间移动的方法。我以研究平行世界作为掩护，同时进行着时间移动的研究。当然，时间移动作为一种潜在理论，也被包含在虚质科学这门学问中，但就目前而言，虚质科学观点认为各个世界间的移动只能是平行移动。

用笔记本的例子来解释，我们虽然可以在同一页纸上的不同图形间移动，但如果要移动到另一页纸上，就必须穿透纸张。这里的纸张指的就是虚质。也就是说，想要进行时间移动，就必须穿透虚质的屏障。而又因为物质由虚质构成，所以从理论来说，在穿透虚质的同时，物质就会消亡。

总之，从虚质科学的理论来说，时间移动就意味着世界的毁灭。

因此，至少我们研究所并没有进行时间移动的研究，也没有这方面的预算。然而，我却用正常研究的预算在暗地里进行时间移动的研究。因此，下属和晚辈对我来说就是单纯的累赘。

这些思考都发生在一瞬间。爸爸介绍的女性向前一步，对我做了自我介绍。

"我是泷川和音，请多关照。"

她鞠了一躬，直直地看着我的眼睛。

突然……

我感觉好像在哪里听过这个名字。

是所员们在看简历的时候念过这个名字吗？不，我不记得那样的事。那么，是我读到她那篇在学术会议上受到好评的博士论文时看到了她的名字吗？如果是这样，那我应该记得更清楚才对。

我再次看了看她的脸。

五官端正，有种知性的感觉。眼镜度数看起来很高，镜片后细长的双眼给人一种不易亲近的感觉。发型是所谓的短波波头，发色是较亮的深棕色。

果然还是觉得在哪里见过她。

自从小栞变成幽灵，我就没怎么和他人好好相处过。我在高中也没有朋友，辍学之后过的也是家、研究所、十字路口三点一线的生活。难道是她在我去过的某家店里打过工？不，我不可能记得这样的人。

"你们两人虽然是所里最年轻的，但我觉得你们的能力毫不逊色于其他研究员。无论在哪个领域，新鲜血液都是必不可少的。我希望你们两人齐心协力，成为开拓虚质科学未来的研究者。"

爸爸做了个漂亮的总结。不知不觉间，他已经年过五十，说起话来也有模有样了。我决定一反常态表现得像个正常人，以表示对爸爸的敬意。

"初次见面，请多关照，泷川小姐。"

泷川小姐握住我伸出的手。

我感觉被她握得有点痛。

• • •

我和泷川小姐真正初次见面究竟是在什么时候？我在一年之后解开了这个谜题。

泷川小姐不负众望，确实非常优秀。最开始她跟过很多人，进行了各种各样的学习。她的学习能力很强，到最后甚至能不时提出改善方案。所长似乎也认为应该将她正式纳入研究团队，在和一些大人物商讨过后，如爸爸所愿，她被分配到我的研究室。就这样，我有了第一个共同研究员。

当天下班后。

"阿历，过来一下。"

我经过休息室时，爸爸叫住了我。

"什么事？"

我走近后，爸爸递给我一个信封。我打开信封，发现里面装着两张一万元的钞票。这钱是要干什么用的？

"要我去买备品吗？"

"不是。你今晚用这些钱，请泷川吃顿饭吧。"

"啊？"

我不由得皱起眉头。

"你们从今天开始就是一个团队了，最好加深一下感情。"

"我不要。没这个必要。我回家了。"

"哎，你等等。餐厅我已经预约好了，是你妈推荐的。"

"这是在干什么？那你和妈一起去不就好了？"

这里的"妈"指的是所长。爸爸再婚后，为了不让所长感到有隔阂，我在私下都管她叫妈。

"我和你妈已经订好别的店了。你们要是不去就浪费了。"

"爸，你原来是这种人吗？"

简直像是在给单身多年的儿子牵线搭桥一样。年过五十真的就会开始有各种担忧吗？我当下如此想到，但似乎并不是这么一回事。

"我知道你还没放弃小枈。"

唐突的话语让我一时停止了呼吸。

"人生是你自己的，你做出的选择我也不会多说什么。但你既然要救小枈，就该努力朝这个目标迈进。泷川是一名非常优秀的研究者，一定能帮上你的忙，跟她搞好关系不会有坏处的。"

"真没想到你会来这招。"

"你是不是觉得，如果运气好的话，泷川说不定能帮上你？你错了。她一定能帮上你。"

原来如此。爸爸果然还是老样子。和我一样，直至今日，思考方式都缺了点人情味。

"如果是这样的话，那我就不客气了。"

我将信封里的两万元放进钱包，用手机记下餐厅的联系方式。毕竟是所长推荐的店，这也可以算是上司的命令了。我直接待在休息室，等待应该马上就要下班的泷川小姐出现。

冷静下来后，我开始有些紧张。我已经超过十年没和他人好好相处过了。更何况，除了小枈，我从没邀请过别的女性一起外出。我到底该怎么向她开口？该先说"你辛苦了"吗？这么一来她会说：

"你辛苦了，我先告辞了。"然后我回复她："嗯，路上小心。"……不行，这样她就回家了。换个说法吧："你辛苦了，要一起吃饭吗？"这也太唐突了。约小栞的时候我是怎么开口的？"走，去吃饭吧！"不可能这么说啊。

一番苦思冥想后，我突然感觉心跳加速。

胸口苦闷的感觉让人无比怀念。我的身体里原来还残存着人类的情感。我觉得有些开心，同时又觉得很愧疚。

因为小栞已经再也感受不到心脏的跳动了。

"日高先生。"

我的心脏停跳了一拍。

"啊……啊，泷川小姐。"

不知何时，泷川小姐站在了我的面前。应该是下班了。正好，现在就邀请她吧。该怎么开口？嗯？我的头脑怎么变得一片空白？我刚才在想些什么来着？

"你，辛苦了。"

"是，你也辛苦了。"

我不知道该怎么回应她。为什么？和爸爸还有小栞说话时明明很正常。十年间竭力避免与他人交往，会对人的沟通能力造成这么严重的影响吗？我心跳加速，冷汗直冒。我想说"一起去吃饭"，却怎么也想不起"一"这个字该怎么发音。

见我这副样子，泷川小姐皱起眉头说道：

"那个，我听副所长说，你要带我去吃饭？"

我久违地、发自内心地感谢了爸爸。

．．．

爸爸预约的店离车站不远，步行大约需要十分钟。从拱廊街拐进小巷的位置有一栋大楼，那家店就在一楼，是间餐馆兼酒馆。但越是靠近那栋楼，我和泷川小姐的眉头就越皱。

"真的是这里吗？"

"应该……是这里没错啊。"

那栋大楼从外墙到走廊，里里外外贴满了动画和游戏的海报。这里到底是什么地方？

"应该？店不是你预约的吗？"

"啊，其实是我爸预约的。因为今后我们就是一个团队了，他让我邀请你出来吃饭，加深感情。"

"啊，原来是这样。那意思是，副所长喜欢这种店吗？"

"我爸应该不……啊，对了，这家店，其实是所长推荐的。"

"所长？哦，原来是这么一回事。"

我话没说完，泷川小姐似乎就已经明白了。

身为虚质科学创立者的所长——佐藤教授，其实私底下是一名所谓的宅女。这件事在学术界还挺有名的。据说她尤其喜欢以前的漫画、动画、游戏和轻小说，公开表示虚质科学和平行世界的概念也受到了这些作品的影响，甚至将好几部作品作为虚质科学的参考资料列了出来。

"既然是所长推荐的，那不进去可不行啊。"

"是啊，我们走吧。"

我们来到一楼靠里的位置，掀开写有"御宅饭"字样的门帘，嘎啦嘎啦地打开拉门。店内弥漫着餐馆特有的美味香气，但更为引人注目的还是大量的海报和模型。

"欢迎光临！"

"那个，我是定了位子的日高。"

"啊，没错没错，日高先生！是那间有纸拉门的包厢，请进！"

我打开正对入口的纸拉门，走进包厢。

"这包厢是怎么回事？"

果不其然，包厢里也到处贴满了海报、摆满了模型，但类别和外头有些不同。

简单来说，全都是美少年。

外面的海报和模型都是美少女，这里却完全相反。看来这间包厢是为女性顾客准备的。

不管怎样，我们坐在了坐垫上，用店员拿来的湿巾擦手。日式房间挺好的，让人觉得很舒服。我原本还有些不安，但一看菜单发现还挺普通的。我们随便点了几个菜，举起先送上来的薄酒干杯。

"啊……嗯，从今天开始我们就是一个研究团队了，请多关照。"

"请多关照。"

我因为紧张而喉咙干渴，一口气喝了将近半杯啤酒。泷川小姐举起低度数的鸡尾酒，稍微啜了一口就放回桌上。

"你常喝酒吗？"

"倒也不算经常。虽然喜欢喝，但酒量不太大。"

"是吗？"

对话中断了。我鼓起勇气起了话头，却不知道该怎么接下去。要是泷川小姐能主动开口就好了。

沉默持续了一阵子，我们一言不发地喝着酒。不过因为我点的是啤酒，所以一杯马上就喝完了。泷川小姐的酒才喝了三分之一左右。我双手空空，感觉有些别扭。

终于，在泷川小姐喝了大约半杯酒之后。

"那个……"

她突然放下玻璃杯开了口。

"啊，我在！"

我吓了一跳，做出了奇怪的回应。都已经是个年近三十的大男人了，真是丢脸。

泷川小姐低下头，眯着眼睛盯着我。我仔细一看，她的耳朵已经变得通红。不会吧，喝这么一点就醉了吗？

"我入职那天去研究室和你打招呼了，对吧？"

"对。"

我还记得，是爸爸带泷川小姐来的。

"那时候，日高先生你对我说'初次见面'。"

"初次见面，请多关照"，这应该是很普通的问候啊，她到底哪里不满意？

这时，我突然想起来了。

没错，我当时……

"我们那天不是第一次见面。"

有种我们不是第一次见面的感觉，不是吗？

"至少对我来说，那是我们的重逢。"

"果然是这样啊。"

"果然？你注意到了？"

"那个，我当时就觉得好像在哪里见过你。"

"你记得是哪里吗？"

"对不起，我想不起来了。"

我老实地低头道歉。那之后我想了好久，却怎么也想不起来。

泷川小姐又喝了一口酒。她看起来不怎么开心，原来是因为这件事啊。不过，我为什么会想不起来呢？我到底是在哪里见过泷川小姐？

"我们是同学啊，高中同学。"

"啊？"

"同一所高中，同年同班。"

"真是非常抱歉。"

原来如此，是这么一回事。怪不得我觉得她看起来眼熟。原来如此，原来如此。

以上是我胡说的。说实话，我对她一点印象也没有。

　　我高中读的是全县最难考、升学率最高的学校，高一是按成绩排名分班的。以第一名的成绩考进去的我自然被分到了最前面的 A 班，同班的同学除了学习什么都不感兴趣，我也一样。所以我一个朋友也没有，同学的长相和名字我也完全想不起来。

　　但为什么我唯独记得泷川小姐？

　　"我们从没说过话，所以你不记得我也情有可原。不过，我觉得你应该给其他人留下了挺深的印象，毕竟你是新生代表。"

　　新生代表。在高中入学考试中拔得头筹的我，在开学典礼上作为新生代表站上了高台。原来如此。这样一想，把学习成绩放在第一位的 A 班的学生们会记得我也不足为奇。

　　但这还是解释不了为什么我会记得泷川小姐。

　　"我当时也想考第一，成绩出来后我非常不甘心。那之后，我一直想要超过你，但你却总是第一名，从没输给过任何人。"

　　当时小枀的身体还活着，帮助小枀对我来说是最重要的事。而想要帮助她，最为现实的方式就是学习。我要考出最高的成绩，去最好的大学，寻找帮助小槑的方法。为此我拼了命地读书，成绩总是名列榜首。

"高二那年，在我听说你辍学的时候，真的非常吃惊。我明白你大概也有自己的苦衷，不过我当时单纯以为你是堕落了。但事实却不是这样。在那之后，你提出了'不可避免的现象半径'的概念，获得了虚质科学界的认可，名扬在外。我在读大学的时候看新闻知道了这件事，真的非常不甘心。于是我发誓，一定要到虚质科学研究所工作，取得超越你的成果。"

可能是因为喝了酒，原本看上去非常冷酷的泷川小姐，现在正用热烈的目光注视着我。原来如此！爸爸说得好像没错，她的这份执念一定能够为我所用。

"我很荣幸，让我们一同发展虚质科学吧。"

我努力挤出假笑。但即便如此，我心中的疑惑仍未消失。

还是不明白。我还是不明白自己为什么会记得泷川小姐。如果只是记得名字就算了，但我总觉得还记得一些关于她的其他事情。虽然是同班同学，但一句话都没讲过，而且从我高中辍学到今年她来到研究所，这期间我们完全没有见过面。在这种情况下，我到底为什么会记得她？

泷川似乎看透了我的假笑，眼神再次变得不悦，喝了一大口酒。这是她喝得最凶的一口。这样喝没问题吗？

"还有一件事。"

"嗯。"

"为了和日高先生站在同等立场上竞争，我有一个请求。"

"请说。"

她到底要说什么？别是什么麻烦事就好。

泷川小姐又喝了一口酒，猛地探出身子说：

"我可以不说敬语吗？"

"啊？"

这是个完全出乎我意料的请求。

"我们可是同学啊。用敬语交谈总会让我联想到我们在职场上的关系。这么一来，日高先生成了我的上司，我有所顾虑，就没办法完全燃起斗志和你竞争。"

"哦。"

"所以，平时说话就用平辈语气，怎么样？要是不行就算了，我会很干脆地放弃这个念头。职场上的常识我还是有的。我这也是借着酒劲说出口的话，请你多包涵。"

她喝酒也许就是为了摆脱常识，向我提出这个请求吧。着实精神可嘉。不过，这或许反而是件好事。我本身也不习惯说敬语，而且今后我可能会把研究时间移动的事告诉泷川小姐，是不是应该趁现在缩短两人的距离比较好？

"我知道了，就这么做吧。我也会用平辈语气和你说话，这样也比较轻松。"

"是吗？那谢谢你了。"

泷川小姐轻描淡写地说完，将杯中最后一点鸡尾酒喝光。她看似平静，手却在微微颤抖。她刚才也许很害怕吧。毕竟向上司要求不说敬语可是触犯了职场的大忌。她真该庆幸我不是一般的上司。

"那今后就请你多关照了，日高先生。"

"都已经不说敬语了，还在名字后面加上尊称，总觉得听了不太舒服啊，叫我阿历就行了。"

"是吗？那……"

下一个瞬间，泷川小姐说出了我的名字。

"阿历。"

我想起来了。

我为什么唯独记得泷川小姐。

到底是在哪里遇见了她。

· · ·

那应该是我二十岁左右的时候。我和平常一样，使用 IP 舱进行平行转移。经历过多次实验的我，在取得许可后开始尝试转移到遥远的世界。那天，我下定决心转移到比平时远得多的世界。

转移实验通常在半夜两点左右进行，因为在白天实验可能会遇上各种危险。例如，目标世界中的我如果正在高速公路上开车，转移时产生的一瞬间的认知停滞，就可能引起严重的交通事故。小栞就是因为这样遇上了车祸。

相比之下，半夜两点通常是睡眠时间。当然，也不能说是绝对安全，但至少九成以上的时候，我都能如预期一样转移到床上。

那次实验我也安全转移到了床上。

然而这个世界有一点决定性的不同。

那怪异的感觉让我差点叫出声来。

我的右手和另一只手握在一起。

我小心翼翼地将脸转向右边。

边上躺着一个人。

肌肤的触感告诉我，我们两人似乎都没穿衣服。房间里有一盏夜灯亮着，隐约照出那人的轮廓。长发……是个女人。

我瞬间有了希望。难道说……

难道说，我身旁的这个人是小栞？

这个世界，就是我一直寻找的，小栞和我相遇却没有变成幽灵的世界吗？

为了确认这点，我在床头桌上摸到台灯的开关并打开。

刺眼的灯光照醒了女人。

"嗯？怎么了，阿历？"

女人揉着眼睛看着我。

她是谁？

"要上厕所？还是……要再来一次？"

女人这么说着，露出羞涩的笑容。

那笑容、眼睛、耳朵、鼻子、嘴、呼唤我的声音，都不是小栞的。

我和除小栞之外的女人，一丝不挂地睡在一起吗？

意识到这点的瞬间，我感到极度恶心。

快要吐了。我真想推开眼前这个女人，朝她怒吼"你到底是谁"。不行。冷静下来。这里不是我的世界。平行世界的我不管和谁交往，我都没有资格说三道四。

真的是这样吗？虽说是平行世界，但我还是我啊！我为什么和一个不是小栞的女人睡在一起？凭什么？每一个世界的我，不都应该为了小栞而活吗？

不行了。我的思绪像是一团乱麻。我已经陷入混乱了，得赶快回到原本的世界。我很久没这么努力地祈祷了。我想回到原本的世界。我没办法待在这种世界。别开玩笑了，我居然有了小栞之外的恋人，我绝对不能接受……

回到原本世界的我，立刻将那个世界从记忆中抹去。

• • •

没错，是平行世界。

在那个世界里有一个管我叫"阿历"的女人。

那个女人躺在我身边，和我牵着手，对我微笑。

那个女人在那个世界里是我的恋人。

我无法接受我的恋人不是小栞，立刻回到了原本的世界。整个过程不过短短几秒，对方大概也没有察觉到异样。那个世界的我当时应该也睡着了。

没错。刚才，泷川小姐对着我喊出的"阿历"，和那个女人喊我的声音完全一样。我在平行世界中，和泷川小姐相遇了。

她在平行世界中是我的恋人。

我不知道该如何接受这个事实，沉默不语。

泷川小姐像是要替我开口似的说道：

"那你叫我和音就行。"

是我先让她用名字称呼我的，要是我不用名字称呼她，会显得很奇怪。我动了动不知为何异常干燥的舌头，小心翼翼地喊出她的名字。

"我知道了……和音。"

第一次说出口的这个词，不知为何让我感到非常熟悉。我突然想要去见小栞了。

那之后，我和泷川小姐……我和和音就着菜喝了好几杯酒，走出餐厅时她已经完全喝高了。她非要去唱卡拉OK，于是我陪她唱了一个小时。见她离开时的脚步晃晃悠悠的，我只好送她回家。

去她家的路上会经过昭和路十字路口。

信号灯变绿，我们走上斑马线。小栞就在这道斑马线的另一边，离人行道不远的地方。

我集中注意力。

斑马线上浮现出仍旧保持着十四岁模样的小栞。

"啊，小历。"

小栞高兴地微笑着，我也轻轻朝她挥手。可惜我现在跟和音在一起。尽管她醉得厉害，但我也不想在她面前和看不见的幽灵说话，让她觉得我是个怪人。话虽如此，我也不可能让她从这里自己走回家。没办法，我只能先把和音送回家，再回来这里。

我放慢脚步，朝着小栞的耳边低语。

"我很快就回来，你等我一下。"

小栞轻轻点了点头。

然后……

"咦？阿历，你也能看到她？"

和音说出的那句话让我完全停下了脚步。

我看向和音。她的视线确实对准了小栞。虽然爸爸和所长看不见小栞，但听小栞说，偶尔也会遇见能看见自己的人。如果把小栞看作幽灵，能看见小栞的人应该就是那些第六感比较强的人吧。这些人把小栞的事传开，现在"十字路口的幽灵"已经成了镇上有名的传说。

和音也是这种第六感强的人吗？

"你能看到小栞？"

内心动摇的我一不留神说出了小栞的名字。

和音涣散的眼中突然迸发出光芒，用和平常一样的锐利目光盯着我。她的眼神已经变回研究者的眼神了。

"小栞？是这个幽灵的名字吗？阿历你知道这个幽灵是谁？"

大意了。我绞尽脑汁也想不出蒙混过关的方法。就算我什么都不说，和音也能从我的态度上得到答案吧。

"我是听这个幽灵说的。"

我在情急之下找了个借口。从和音的表情中看不出她是否相信我。

"小栞……一般来说这是个女人的名字吧？"

"一看就知道是女的吧。"

"是吗？你原来看得这么清楚，连性别都能看出来啊。"

"……"

"我只是偶尔能看到一个非常模糊的人影而已，也听不到她的声音。然而你却能清楚地看到她，还能听见她的声音……你该不会想说你和她毫无关系吧？"

真是自掘坟墓。她刚才是在套我的话吗？即便喝醉了也能立刻布下这种陷阱，这女人将来前途无量啊。

"告诉我。不要小看我的好奇心。"

和音用沉着的目光盯着我。就算我一时蒙混过关，她过后大概也会打破砂锅问到底，搞不好还可能会被研究所里的其他所员听到。

怎么办？我必须现在就做出判断。和音是一位非常优秀的共同研究员，我考虑过将来有一天把自己真正的研究内容告诉她，得到她的协助。这么一想，也只是提前把情况告诉她了而已，这反倒是个好机会。

我看向小栞。小栞用惊讶的眼神来回看着我和和音。

"小栞，我可以告诉她吗？"

小栞看着我的眼睛。几秒之后，她轻轻点了

点头。

下定决心的我转过身面对和音。要是能取得和音的信任，我也许就能更自然地和小桀说话，这对我来说也是好事。和没有人看得见的小桀对话时的我，在旁人看来就是一个成天在十字路口自言自语的危险人物。但要是两个人一起，其他人就会认为我在和身边的人说话。反正也不会有人仔细去听擦肩而过的人在说些什么吧。

"我明白了。和音，我接下来要和你说的事情非常重要，你听好了。"

然后，我把小桀的事告诉了和音。

当然，我也不是毫无保留地全说了。两人间的关系我几乎避而不提，只说是我的朋友。这位朋友在平行世界的这个地方遇上车祸，在那个瞬间强制进行了平行转移。结果在转移结束前，平行世界的肉体就被车辆撞击当场死亡，剩下失去了物质的虚质残留在这个地方。这种症状被称为虚质元素核分裂症……我的解释大致就是这样。

"我就是为了帮助她而进行研究的。"

和音听我说完，把手放在嘴边，陷入深思。她说出的下一句话将会极大地影响我对她的评价。

"如果能观测到虚质元素并将其回收，也许就能帮到她。之后再想办法把虚质和她在这个世界上的身体同化。"

和音的回答在我心中几乎是满分。

"不，她在这个世界上的身体已经死亡了。罹患虚质元素核分裂症的人，身体的状态几乎和脑死一样。拖了两年，最后还是无力回天。"

"是吗？那该怎么办？"

虽然犹豫了一瞬间，但事已至此，我还是决定把一切都告诉她。听完我的解释之后，和音并没有提问、否定和反驳，而是先进行思考，然后给出了具体的解决方法。我选择相信她作为研究者的天性。

"我认为唯一的办法就是消除在根本上导致小棵患上虚质元素核分裂症的原因。我一直在寻找方法。"

"消除根本上的原因？"

"就是小棵遭遇事故的原因。说到底，就是因为她转移到了平行世界才会出车祸。如果能让这件事从一开始就不存在的话……"

"从一开始就不存在？难道说……"

和音似乎猜到了我想说的话。这也是理所当然的。但凡研究虚质科学的人，肯定都曾思考过同一件事。

"我一直在做关于时间移动的研究。"

和音眯起镜片后细长的眼睛，哑口无言。

平行世界这一概念原本只出现在虚构故事中，如今已成为现实。但即便在现在这个时代，时间移动也仍旧只是天方夜谭。听到我说自己正经八百地在研究这种东西，任谁都会是那样的反应。

"回到过去，让一切重来。这就是我现在的目标。"

这话说出口搞不好会被当成疯子。但和音的反应并不是那样。

"好厉害。"

"啊？"

"你果然好厉害啊，阿历。我以为你在研究平行世界，没想到你已经更进一步在研究时间移动了。"

和音的双眼闪闪发亮。那是对于未知充满好奇的光辉。

"时间移动的研究争取不到预算吧？"

"是啊。所以我用批给研究平行世界的预算来做时间移动的研究。要是事情败露，可不止被开除这么简单。"

"秘密的研究啊？很好，很有趣。我也和你一起蹚这浑水吧。我一定会比你更早找到时间移动的方法。"

"虽然我早想过要争取你的帮助，但没想到今天就说出了口。"

这下我们就是一条船上的人了。此外，和音对我怀抱的对抗意识也许会产生正面效果。争做第一，这种心态对于研究者来说其实是相当重要的。因竞争心而取得的成果，在这个世界上比比皆是。

"目前的虚质科学观点认为时间移动是不可能的，原因是要进行物质的垂直移动，必须穿过虚质的屏障……不，这只是模型的问题，如果能设计出新的模型……啊啊，不能再浪费时间了。阿历，我先回家了。"

"哎，你可以吗？酒还没醒吧？"

"醉意已经一扫而空了。"

"我送你吧？"

"没事，我搭出租车就行。我想快点回家整理思绪，明天见。"

和音说完，不等我回应就迈开步子，步伐稳健得仿佛先前那副蹒跚的样子是装出来的。

走到一半，她停下脚步，转过身。

"她是叫小栞吗？替我向她问好。"

说完她就头也不回地离开了。

被留在原地的我耳边传来小栞微弱的声音。

"真是个有趣的人。"

"是啊。"

"是小历的女朋友吗？"

我反射性地瞪了小栞一眼。

"不是。"

"眼神，好可怕。"

"抱歉。不过她不是我的女朋友，我的世界里只有你。"

听我这么说，小栞露出不知是高兴还是悲伤的缥缈微笑。

"谢谢你，但是……已经够了。"

她说出了我最不想听到的话。

"我已经搞不清楚了……已经过了好长时间，小历也完全变成大人了。"

小栞依然保持着当年十四岁时的容貌。她的内心也毫无变化吗？肯定不是。但要说她长大了呢，也并非如此。

随着岁月流逝，小枭的意识和情感似乎逐渐变得稀薄。

她的表情也不像从前那样多变了，脸上总是浮现着似有若无的微笑，不再哭泣，也不再生气。这也许是理所当然的。她已经独自一人在十字路口伫立了十几年，想要维持人类的情感，或许根本就是不可能的。

"呐，小历，已经没关系了。小历为了我，总是孤身一人，我不想看到你这样。"

"我不是一个人，我是为了我自己，才和你在一起的。"

"谢谢你。我很高兴，但是……"

"没什么但是，我答应过你，我一定会帮助你。我就是为此而活的。"

"嗯。"

说完这些话，对小枭的爱如潮水般涌现在心头，让我不禁想哭。我想拥抱小枭，但我没办法拥抱失去了物质只剩下虚质的小枭。连手都牵不了，这让我着急、愤怒、悲哀。

"拜托你，不要说什么'已经够了'。我是为了你，也只为了你而活。我一定会找到办法的。相信我。"

"嗯，谢谢你，小历。"

小栞的幽灵朝我伸出手，我把自己的手放在上面。两只手没有触碰，穿过了彼此。

希望手心感受到的那份温暖不是我的错觉。

· · ·

第二天，得到了和音这位优秀对手兼伙伴的我，比过去更积极地将时间花在了时间移动的研究中。

我们的研究地点不限于研究所。时而在公园，时而在咖啡厅，时而在卡拉 OK 包厢，时而在彼此家中，时而在所长推荐的餐馆。我们忘我地讨论虚质科学和时间移动，交换意见。

我们对研究的热忱带来了许多意外收获，在原本的平行世界研究中留下了各种成果，我和和音在研究所内的地位也越来越高。我们逐渐开始使用那些原本无法随意使用的器材，研究也不断深入。

在此期间，我还是每天到十字路口去和小栞聊天。和音偶尔也会跟我一起去，经由我和小栞说话。

做研究的时光，与小栞共度的时光，都充实

无比。

但我最终还是没能发现时间移动的方法。

唯独小栞的时光永远定格在了十字路口。

那之后，又过去了十年。

· · ·

"啤酒来了。"

店主将玻璃杯放在吧台上。我举起杯子，一口一口地慢慢喝着。我早过了能大口喝酒的年纪，不知不觉间已经年近四十了。我看着眼前小小的美少女模型，心想，做工可真精致。

这里是大约十年前所长推荐给我的餐馆二楼的酒吧，店内依然全是动画的海报和模型。那次聚餐后我就常和和音来这家餐馆吃饭，很快也开始到二楼的酒吧喝酒，现在已经是常客了。这十年里，店主和厨师长也一直是同一个人。

"日高先生，你今天心情很差啊。"

"研究很不顺利，有点泄气了。"

那之后又过了十年。虚质科学不断发展，平行世界的研究有了飞跃性的进步。

所长制作的 IP 舱已经实用化，能够转移到任意平行世界的"选择性转移"实现了平行世界间信息的同步化，世界成了一台巨大的量子计算机。为此，虚质元素的直接观测终于变为可能，这项技术也带来了各种突破。

首先，我和和音弄清了只有我能看到小栞，甚至听到她声音的原因。

通过直接观测虚质元素，我们成功测定了失去物质形态的小栞的虚质纹。通过将测定出的虚质纹和我的虚质纹进行对比，发现两者有一部分完全一致。这可能是因为我和小栞进入 IP 舱前往平行世界时，某种作用让我和小栞的虚质部分同化了。

因此，只有我能清楚看见小栞的幽灵，听见她的声音。知道这点时我很高兴。我感觉这意味着我和小栞互相存在于对方之中。

顺带一提，我原本打算在研究过程中将我和小栞的关系保密，但在征得她的允许后，我把一切告诉了和音。当时和音的反应非常平淡，说是早就猜到了。

IP 终端机已经完全普及了。现在婴儿出生时必须强制佩戴便携终端机，测定 IP 并将其数值设定为

0世界。现如今对所有人来说，平行世界已经是理所当然的存在了。

爸爸研究的IP锁也完成了。IP锁能够通过持续观测对象的虚质，固定其虚质元素的状态，防止平行转移发生。这种装置主要用于避免在如婚礼之类的人生大事中发生意外转移，或是防止罪犯通过选择性转移逃到平行世界等情况。

像这样，现如今虚质科学已经成了日常生活中不可或缺的一部分。政府认识到其重要性，出台了有关平行世界的相关法令，以此为依据在内阁府中新设立了虚质技术厅。受其影响，我所在的研究所成了独立行政法人，改名为国立研究开发法人虚质科学研究所。所长和副所长还是妈妈和爸爸，但两人差不多也快到退休的年龄了。虽然两人在退休后也不打算停止研究，但还是打算把头衔让给后来人。这么下去，我会当上所长，而和音会当上副所长。

虚质科学的发展日新月异……

但时间移动的方法却仍未被发现。

我不禁觉得，自己一定是遗漏了某样非常重要却极为单纯的东西。常识往往会限制思想。我和和音一定是被某种常识之壁挡住了去路。

但我却想不明白那究竟是什么。我烦躁不已，喝了一大口啤酒。

"你已经不是年轻人了，还是别喝那么快吧。"

店主苦笑着拿走了空酒杯。啤酒喝得有点多了。我打开菜单，想点一些不一样的酒。

我扫了几眼，看到一个很特别的名字。

"店主，菜单上原来有健力士吗？"

健力士是一种爱尔兰产的黑色啤酒，据说当地人每天都会喝。

"啊，是应客人要求加上的。你喝过吗？"

"年轻时喝过几次。久违了，来一杯吧。"

"好嘞。"

店主将空啤酒杯放在吧台上。

"酒呢？"

"我现在倒，会很有意思哦。"

店主笑眯眯地打开健力士的瓶盖，将酒一口气倒入杯中。黑色的啤酒刚倒下去就变成气泡，杯中充满了酒泡。

然而，在那之后，奇妙的现象发生了。

黑色啤酒缓缓沉在杯底。随着酒面上升，气泡自然也会上浮……理应如此。

但杯中的气泡却猛地往下沉。

我目瞪口呆地看着"气泡下沉"的现象，仿佛眼前发生了什么了不得的大事。

"店主，这到底是……"

"很有趣吧？这叫健力士浪涌。不过原理我也不清楚。"

冷静下来想想，道理其实很简单。气泡浮起时，与气泡碰撞的啤酒也会被往上推，这是因为啤酒带有黏性。但啤酒无法升得比气泡更高，所以会在玻璃杯口径较宽的部分形成漩涡，沿着杯子内壁不断下降。这下换成是气泡因为黏性被啤酒往下带，杯中便形成了中央气泡上升、杯壁气泡下降的状态。从外面看上去，就像是气泡在不断下沉一样。

不……实际上确实有一部分气泡在下沉。

"啤酒的黏性……气泡……虚质，对了，虚质黏性的概念……气泡的浮力……虚质密度……海虚质和泡虚质……虚质的黏性和虚质的浮力……IP 观测……改写……固定化……"

"日高先生？你怎么了？"

就是这个。

我找到了。

这就是我和和音遗漏的东西，我们必须打破的常识之壁。

也就是 —— "气泡会下沉"。

· · ·

我坐立难安，结完账后立刻冲出酒吧，联系了和音。

已经过了晚上十点，但所幸和音还在研究所。顺带一提，我们两人一直是单身。暂且不说我，和音是有过很多次机会的，但每次她都选择把研究放在第一位。她已经年近四十，还是搞科研的，要找结婚对象想必不是什么简单的事。从某种意义上说，和音是个比我更加疯狂的研究者。

但现在，我很感谢身边有她这样的人。我搭出租车前往研究所，同和音两人来到研究室。

"怎么了，出什么事了？"

和音向我投来疑惑的目光。我开门见山地回答她：

"我找到了。时间移动的方法。"

和音睁大了眼睛。

我们苦苦探寻了十年都找不到的东西，在这样一个寻常的日子里突然被我找到了，这种事一般来说很难让人相信吧。

　　"快告诉我。"

　　我和和音相识多年了，她很清楚和小栞有关的事，我是不会开玩笑的。

　　"抱歉，我说找到了，其实是有大致的想法了。"

　　我整理着仍有些混乱的思绪，将它们组织成语言。

　　"艾茵兹瓦赫的海与泡……世界上的气泡会往海面上浮，这代表向未来前进。那么，要想回到过去的话，只要沉入海里就行。"

　　"从模型上来说是这样的。这件事我们一开始不就讨论过了吗？气泡不会下沉。要想让气泡下沉，只能给它加上重物，但这样气泡转眼间就会破裂。"

　　"不是这样的，和音。气泡会下沉，只要能满足一定的条件。"

　　"什么意思？"

　　"是黏性。你知道有种啤酒叫作健力士吗？这种啤酒黏度高、气泡小。当液体的黏性超过气泡的浮力时，就会产生漩涡，制造出下降流。这么一来，气泡就会受黏性影响而下沉。"

"但这些不都只是物理模型而已吗？做思想实验没什么难度，问题在于这种现象能否发生在虚质空间中。"

"能，只要能改良 IP 舱和 IP 锁。"

当我提到这两样我们熟知的装置时，和音的表情变了。她的表情从否定转变为了思考。明白这点后，我开始阐述具体方法。

"首先拓展 IP 舱的功能，通过外部压力将时间移动对象的虚质量进行压缩。然后拓展 IP 锁的功能，将变小的虚质固定。然后改写周围虚质空间的 IP，制造出小漩涡，产生下降流。这么一来，虚质因为质量变小，浮力低于空间的虚质黏性，就会沉入海底。"

和音默默地在脑海中分析、消化我的说明。

"从理论上来说是有可能的。问题在于，IP 舱也好，IP 锁也罢，真能改良成那样吗？"

"这就是我们从今往后的研究课题。现在我们已经能够直接观测虚质空间了，这绝不是天方夜谭。"

"哎呀，又得辛苦十年了。"

和音耸了耸肩。这是她表示同意的动作。

"不过，问题还不止这些。就算事情进展得真的那么顺利，我们又该怎么帮助小栞小姐？"

没错。我的最终目的是帮助小栞，光是找到时间移动的方法还不够。该如何利用这种方法帮助小栞，这才是问题的关键。

当然，我心中早已有了想法。

"通过这种方法下沉的气泡，和啤酒的酒泡不同，不会再次上浮。气泡会不断朝过去的方向下沉，直到浮力和黏性达成平衡的地点。这一步的关键是要提前找到小栞获得幸福的世界的IP，通过缜密地计算，压缩气泡，使其正好下沉到这个世界与那个世界的分歧点。这一步如果顺利，气泡应该就会在沉到那个分歧点时静止，与分裂前的气泡融合。此时，原本气泡的IP就会被改写。如此一来，虚质量和浮力也会恢复正常，融合的气泡会在那个世界中朝未来的方向上浮。之后只要在那个世界过着正常的生活就行。"

和音闭上双眼，默不作声地听我说完。片刻后，她缓缓睁开镜片后细长的眼睛，瞪了我一眼。

"简单来说，就是把你的身体留在这个世界，把虚质带回过去的分歧点，在那里融合进其他世界，在那个世界重获新生，是吗？"

"就是这么一回事。"

"那被留在这个世界的身体会怎么样？"

"只不过是移动方向从平行变为垂直而已，引发的症状本身和虚质元素核分裂症是一样的。如果物质是身体，虚质就是灵魂。没有灵魂，如同空壳的身体……大概会陷入脑死状态吧。"

这不是什么感慨，只是单纯的事实。我的态度让和音皱起眉头。她似乎从刚才开始就很不开心。

"你变成那样后，谁来照顾你？"

"与我无关。"

"你考虑过被留在这个世界的父母的心情吗？"

"我不在乎。"

和音的表情越发凝重。她的心情，她的想法，我并不是不明白。我还没冷血无情到那个地步。

但我也没办法。

我确实不在乎。

"我不在乎让小栞遭遇不幸的这个世界会变成什么样。我要带着这个世界的小栞的虚质，带着她的灵魂，逃到她能获得幸福的平行世界去。其他的事我都不在乎。"

这是我活着唯一的意义。这个小栞得不到幸福的世界，对我来说毫无用处。我们两个要逃了。其他的人，就请你们自己去寻找自己的幸福吧。

我心中没有一丝犹豫。我是打心底里这么想的。除非小栞能带着身体复活，否则无论如何我也不会改变自己的想法。

"我想提一下时间悖论。如果你消失在了过去，这个世界上所有因你而发生的事都会消失不见，不是吗？"

"虚质科学否定了这个可能性。我们人类就像一根铅笔，在画线后将铅笔折断，线也不会消失。"

"还有一点，如果通过这个办法和其他世界的自己会合，你和小栞小姐的虚质会和平行世界的虚质融合，你们肯定会失去所有的记忆和人格，回溯的部分会消失得一干二净，会合之后只能把自己的命运交给其他世界的自己。"

"这样就行。对我来说，只有在这个世界遇见的小栞才是小栞。我无法原谅让小栞遭遇不幸的自己。我无法原谅让小栞遭遇不幸的那次相遇。我无法原谅让小栞得不到幸福的这个世界。只要这个世界的我和小栞的灵魂，能在其他世界重获新生，我就满足了。"

"你疯了。"

"也许吧。你不愿意就退出吧，接下来的研究我自己做。"

这是我的真心话。本来就是我一直拖着和音帮我做个人的研究，她随时有权退出。

但和音的反应出乎我的意料。

"我不会退出，要是你一个人研究，不知道得花几十年呢。"

她的表情中已经没有了先前的锐气，像是从癫狂中恢复了一样，显得神清气爽。怎么回事？我还以为她会进一步反驳、咒骂、殴打我呢。

"对了，问题还不止这些。如果时间移动需要使用 IP 舱，那就算你能去，小枀小姐也去不了。她没有身体，虚质也无法离开十字路口。光是你一个人去其他世界也没有意义吧？"

"嗯，但这应该不是问题。你知道我和小枀的虚质有一部分融合了，对吧？所以如果我的 IP 受到影响，小枀也会被影响。我如果进行了时间移动，小枀的虚质也会跟着我一起移动才对。当然，至于是不是真的如此，还得进行充分的测试。"

2
1
2

"原来如此。这也够呛啊。"

和音无可奈何地摇了摇头，彻底变回了平常的样子，令人难以想象的是她刚才还把我当作疯子。因为实在是太过奇怪，我便直白地问她：

"你原谅我了吗？"

"没什么原谅不原谅的，这是你自己选择的人生。"

"要这么说，我感觉我把你的人生也牵扯了进来，搞得一团糟。"

"这是我自己选择的人生。而且……"

和音忽然望向远方。

"我很羡慕你能爱一个人爱得如此痴狂。"

和音说完后笑了。

确实，我感觉和音似乎不曾深爱过谁。

"话说回来，小栎小姐能获得幸福的世界，具体来说是怎样的世界？我觉得幸福是很难定义的。"

"哦，我想想……我觉得世上没有什么绝对的幸福。但至少，我知道在什么世界中，小栎不会遭受到和这个世界同样的不幸。"

我要带着小栎的灵魂，一起逃到那个世界。这就是我活着的意义。

"哦？是怎样的世界？"

小栎不会遭遇不幸的世界的定义，我在很久之前就已经知道了。

"我和小栎绝对不会相遇的世界。"

幕 间

　　和音说，要实现时间移动，需要十年时间准备。没想到十年后，各种装置真的完成了能够实现时间移动的改良。那之后，我们继续花时间反复实验，终于确保计划能够顺利进行。

　　问题在于，该回到哪个世界的过去。

　　SIP。现象的史瓦西半径。某种现象必然会发生的平行世界的范围。我和小栞相遇这一现象的 SIP，和小栞患上虚质元素核分裂症这一现象的 SIP 完全一致。因此，只要是我和小栞相遇的世界，她就一定会在十字路口遭遇车祸，成为幽灵。

　　既然如此，我就必须回到一个我们绝对不会相遇的世界。

我再次通过选择性转移探访平行世界，寻找我们没有相遇的世界。

但我立刻意识到，光是找到这样的世界并不够。

· · ·

"必须要能预知未来。"

"啊？"

我从平行世界回来后说的第一句话让和音皱起了眉头。

"预知未来是可能实现的吗？"

"从理论上说并非毫无可能。把这个世界上所有的数据都输入量子计算机里应该就能实现吧。"

"能麻烦你搞定这件事吗？"

"怎么可能做得到？你是不是傻子啊？"

和音无奈地说着，将我从 IP 舱中扶出来。

"为什么突然说这个？"

"我意识到这个办法是行不通的。"

"为什么？我觉得你和小栞小姐没有相遇的世界肯定是存在的。"

确实如此，但是……

"这是发生在我刚才去的平行世界的事。在那个世界中，我确实没有和小栞相遇。我在研究所里工作，然后……"

我闭上了嘴。回想起当时的情景，我叹了口气。

"然后什么？"

见我半天不开口，不耐烦的和音用略微严苛的口气催促我。我用茶水润了润喉咙，继续说下去。

"留在所里的一个研究员的妻子和女儿到研究所来接他，顺道带了些慰劳品。她们和我似乎是第一次见面，向我打了招呼。"

"这又怎么了？"

和音似乎还没反应过来。我一开始也没有意识到这意味着什么。

"我的意思是，就算到了这把年纪，我们还是会遇见新的人。"

听我说完，和音思索片刻，睁大了眼睛。

这意味着，要寻找我和小栞不会相遇的世界，几乎是件不可能的事。

比如我是五十岁，平行世界的我也是五十岁。因为有无限的平行世界存在，因此只要多转移几次，就能找到很多五十岁的我和小栞没有相遇的世界。或许你会觉得，在这些世界中随便选一个不就行了？

但这样是行不通的。

假设我选择了一个五十岁的我和小栞没有相遇的世界，移动到过去，和那个世界的自己融合。

那我也可能会在五十一岁遇见小栞，不是吗？

要否定这种可能性，几乎是不可能的。

不管到了几岁，我都决不能允许自己和小栞相遇。小栞一旦和我相遇，就注定会遭遇不幸，这就是我的世界的真理。

"原来如此……所以才需要预知未来啊。"

和音疲惫地嘀咕道。就算能找到我没有和小栞相遇的世界，但如果不能预知未来，就不可能找到今后也不会遇见小栞的世界。

"怎么办？要放弃吗？"

但都到了这一步，要我放弃是绝无可能的。

"我会找到办法。"

我再次投身于平行世界，去寻找不知是否存在的方法。

· · ·

那天，我转移到了一个我住在妈妈老家的世界。

我抱着怀旧的心情走到后院，看到后院角落里隆起的小土堆。

是尤诺的墓。没想到我都五十岁了，这坟墓还留着。

我把手放在土堆上。好冰凉。我已经回忆不起尤诺的温暖了。

我想起当时尤诺和小栞教会我的事。

活着是温暖的。那温暖意味着我可以见到尤诺，和它说话、玩耍……一切的可能性都还存在。

死亡是冰冷的。那冰冷意味着尤诺的世界已经终结，一切的可能性都不复存在……

回忆起这件事的瞬间，我像是被雷劈中了一般震撼不已。

回到原本世界的我还没走出 IP 舱，在和音打开罩子的瞬间便滔滔不绝地说道：

"我知道了！我知道该怎么找到我和小栞不会相遇的世界了！"

不知所措的和音拍了拍我的肩膀，让我冷静下来。她把泡好的茶端给我，但就算喝了茶，我的兴奋之情也丝毫未减。

"听我说，和音，这次我真的找到办法了。"

"我听着呢，什么办法？"

"首先，找到几个我和小桀没有相遇的世界。然后对那几个世界进行几年甚至几十年的监视。"

"几十年？为什么？"

为了排除可能性。为了等待可能性的温度消失。也就是说……

"为了等到那个世界的我临终。"

和音哑口无言。

"寿终正寝、生病、发生事故，原因并不重要，总之就是等到我没遇见小桀就濒临死亡。这么一来，那个世界就算合格了。只要能移动到那个世界的过去，和自己融合，我就能在不遇见小桀的情况下迎来死亡。即使万一我在那之后真的和小桀相遇了，肯定也不会做出让小桀遭遇不幸的事。因为就算相遇，我也活不了多久了。"

我不顾和音的反应，自顾自地说个不停。我的想法合理吗？我的思考混乱了吗？我似乎已经丧失理智，无法判断了。也不知道是因为年纪到了，还是我这个人过于异常。

"和音，你觉得怎么样？这样的话……"

这时，我终于看了眼和音。

我发现她用无比痛心的表情看着我。

怎么了？为什么露出这种表情？我可是找到了一个绝佳的方法啊！

"和音，今后的路还很长……你愿意帮我吗？"

我能拜托的只有和音了，要是被她拒绝，我可就伤脑筋了。

听见我的请求，和音低下头。

"都到现在了，我怎么可能抛弃你呢，傻瓜。"

她如此说道。

· · ·

那之后，我探访了无数平行世界，将其中几个世界选定为监视对象。

虽然不是有意为之，但我选定的所有世界，除了我和小栞没有相遇这点，还有另一个相同点。

我和和音的关系不尽相同。或是朋友，或是恋人，或是夫妻，或是情人，或是宿敌……

虽然关系不尽相同，但在我选定的世界中，和音必然会以某种形式出现在我身边。

在这个世界中，和音也对我伸出了援手。她起先抱着对抗心态，扬言要赢过我。她孤身一人，直到最后都陪在我身边，容忍我的疯狂。

这个世界的和音对我来说既是共同研究者，也是对手。现在，她可以说是我唯一的朋友。话虽如此，和音究竟是抱着怎样的心态陪在我身边，我并不清楚。我自认为头脑聪明，但唯独理解不了和音的想法。

我真的不是有意的。我也许是在无意识中选择了那些有和音陪在我身边的世界。我下定决心，到死都不会把这件事告诉这个世界的和音。

那之后，我又花了二十年以上的时间不断监视平行世界。

支撑我走下去的，是十字路口那个永葆青春、对我微笑的小枼。几十年来，我每天都到十字路口和小枼的幽灵说话，无论昼夜。后来我连他人的视线都不在乎了。

我熬过漫长的岁月，像是舐着水滴横穿一条沙河……

终于，某个世界的我被医生宣布了死期。

七十三岁，罹患癌症，还有六个月的寿命。

六个月还是太长了。慎重起见，我又等了一段时间。

那年七月，根据计算，我只剩下大约一个月的寿命。

当一个人的物质形态死亡时，在那个世界中构成其物质形态的虚质往往也会同时消失。因此，人类无法转移到一个自己已经死亡的平行世界。虽然不知道移动到过去时会是怎样的情况，但既然无法验证，就应该默认人类无法移动到自己已经死亡的世界的过去。

就算被医生宣了死期，但也并不意味着病人会正好在那个时间点死去。也许在那之后还能活很久，也许会提前很早死去。这么一想，如果这个世界的我因为癌症去世了，那至今为止的努力也许就全白费了。于是我做出判断：这个时间点是我等待的极限了。

然后，我下定了决心。

在平行世界的我剩余寿命只有一个月的那天，我要下沉到过去，帮助小梁。

这是仅此一次的时间旅行，一去不复返。

在我选定的那个我们绝对不会相遇的世界里，与我未曾谋面的小染拥有一个幸福的家庭。我也没有和小染相遇，而是和和音结婚，建立了幸福的家庭。虽然我有些无法接受自己和除小染之外的女人结婚，但如果对象是和音，我也勉强能接受。

决定好出发日期后，我开始回顾自己的人生。

真是无比、无比漫长的一生。

也是毫无意义的一生。

我没有妻子，也没有孩子，根本找不到在这个世界上活下去的意义。我唯一深爱的人，因为我的错，从这个世界上消失了。

但这一切也已经结束了。

气泡会下沉。

好了，让我抹去这个世界吧。

这个所爱之人不存在的世界。

序 章 ，
或 是 终 章

围在矮桌前喝茶的年过七旬的老爷爷和老婆婆，在旁人看来可能只是单纯的茶友。

这倒也没错，但这位老婆婆——和音，她是我抹去这个世界这一犯罪计划的唯一共犯。

"明天能麻烦你吗？"

"真突然啊！"

"为了随时行动，我们不是做过好几次模拟实验了吗？"

"这倒是没错。真的要行动了？"

"这事我们已经讨论过好几次了吧？这就是我活着的意义。不过，我还是为给你添麻烦而感到抱歉。"

"我倒是不在乎什么麻烦。而且事到如今，说这些也晚了。"

"你如果真的不愿意，一定要告诉我，我会找其他人帮忙。年轻的研究员中肯定有人愿意帮我。"

"你可千万别那么做。不要让年轻人干这么危险的事，要做的话就让我来做吧，反正我也活不了多久了。"

"我有预感你会活到一百岁的。"

"真叫人毛骨悚然。"

和音这么说完，喝了口茶。这是用便宜茶叶和便宜茶壶冲出来的茶，和我很是般配，但和音平时喝的一定是更好的茶吧。对于几乎不和他人交往的我来说，和音可以算是我唯一的朋友。不过出乎意料的是，她似乎并不讨厌我泡的茶。她大概就是好奇心强，兴趣异于常人，所以才会到了这把年纪还愿意帮我实行这愚蠢的计划。

"好了，要做就要做到天衣无缝，明天的出勤表呢？"

"在这里。"

"原来如此。IP 舱全天都空着呢。"

"是我精心调整空出来的。警备系统也设置成可以从外部切断的状态了。谁都没起疑心。地位高了就是不一样啊。"

我和和音早已退休，但因为我们曾担任过所长和副所长，所以在退休后也能自由进出研究所。虽说我们已经把研究所托付给了值得信赖的优秀后辈，但有些事还是只有我们才懂。所以直到今天，我们都还以类似客座研究员的身份使用着研究设备。这一切当然都是为了这个目标而耗费多年布下的局。

"我按原计划行动就行？"

"嗯，计划没有任何变动。"

"计划实行后，你的状态也依然会是那样吗？"

"因为没进行过临床试验，所以无法断言，但我应该会陷入脑死状态吧。器官捐献卡和遗嘱我都准备好了，不用担心。"

听我淡漠地说完这番话，和音投来心痛的目光。她其实是个很善良的人。

"年过七十的老人的器官哪还能用啊！"

现在也是这样。为了不让我感到内疚，故意说些难听的话。

把这种任务交给如此善良的她，我心里还是有些过意不去的。不过，事情要分轻重。即便会给和音添麻烦，不，无论会给谁添麻烦，我都一定要拯救小枭的灵魂。这已经是我存在的唯一意义了。

我和和音花时间对计划内容进行了最终确认。绝对不能失败！话虽如此，我也不知道失败了会发生什么。用动物做实验很难判断结果是成功还是失败，但我们又没办法进行人体实验。因此，我们明天将要做的事，就是用自己的身体进行首次也是最后一次的人体实验。从理论上来说，我们有绝对的自信保证实验成功，但实际情况往往会和理论有所出入。

"我要成为杀人犯了呢。"

"不是的，我不是解释过好几次了吗？"

"是啊，严格意义上来说并不是这样。但我的行为会导致你陷入脑死状态，没错吧？算不算杀人取决于我的观念。"

"你如果不愿意，我可以找其他人。"

"我会做的。我不是说过好几次了吗？要做的话就让我来做。"

"抱歉。"

"比起向我道歉，我更希望你能放弃这个计划。唉，算了。还有，你这茶凉了。"

我按和音的吩咐重新泡了一壶热茶。毕竟是我强人所难在先，这种程度的小事，我自然是有求必应。

　　不过，即便如此……

　　我看着和音面不改色地喝下烫嘴的热茶，问出了我至今为止刻意没有问的那个问题。

　　"你为什么愿意帮我到这种地步？"

　　和音放下茶杯，长叹一口气。

　　"出于一名研究者对知识的好奇心。我们之间的比赛是我输了，最后想到这个方法的人还是你。气泡会下沉啊，我也想看看呢。"

　　"是吗？"

　　她应该不是在说谎，但我感觉她隐瞒了些什么。也不知道这能不能算是证据，但平时总是注视着他人眼睛说话的和音，现在却完全不看我的眼睛。

　　她不愿意说也没关系，是我擅自把她牵扯进来的。既然如此，和音想怎么做都由着她吧。

　　"一路走到现在，真是漫长啊。"

　　"嗯，确实，太漫长了。"

　　"实话告诉我，你中途想过要放弃吗？"

　　"没有。一旦放弃，我的人生也就完了。"

"是吗？是啊，你就是这样一个人。我理解不了。"

和音感慨万千地点了点头。不过，我其实也理解不了她。直到最后，我都不知道该和和音保持怎样的距离。

"我也是，直到现在，都还不太能理解你。都这把年纪了，连婚也不结。"

"真是多管闲事，你不也一样吗？"

"嗯，也是啊。"

被她这么一说，确实是这样。这是个多余的问题，而且我自己确实也是未婚。我和和音一定都有些地方不太正常吧。

"那今天我就先回去了，有什么事再联系我。"

"啊，我也要出去，我们一起吧。"

我收拾好东西，和和音一起走出家门。我们两人健康地活到了这把年纪，从没得过什么大病，也没受过重伤。这也许是我唯一需要感谢这个世界的一点吧。出门后，我们朝车站方向走去，甚至连拐杖都不用拄。

我在车站前停下，向和音道别。

"那我往这里走了。"

"是吗？你要去哪里？"

尽管和音嘴上这么问，但她大概已经知道答案了。

因此，我也决定诚实地回答她。

"我要去帮助十字路口的幽灵。"

· · ·

昭和路十字路口。那是将这个地方几乎从中央一分为四的，镇里最大的十字路口。

理所当然的，十字路口的交通量很大，交通信号灯也是人车分离式的。据说以前这里还有一座联通各个路口的大型人行天桥，但由于桥桩影响视野，存在危险隐患，被拆除了。我非常喜欢曾在老照片上看过的那座天桥，经常站在原地抬起头，想象自己走在天桥上的样子。

十字路口的西南角上是一块小得不能称为公园的绿地，"穿紧身衣的女人"铜像就立在那里。这座刻画了一位少女羞涩地用手掩着胸脯的铜像，从我出生以来就一直在这里。虽然早已看惯了，但我却对这座铜像一无所知。我不知道它的原型是谁，也不知道它带着怎样的寓意被立在这里。

这个十字路口有幽灵出没的传闻，已经流传了五十年以上。

从"穿紧身衣的女人"铜像所在的路口朝北延伸的人行横道上，有黑发少女的幽灵出没。传闻说，一名少女前往新体操大会途中，在这条人行横道上遭遇了车祸，变成了幽灵，还说"穿紧身衣的女人"铜像就是为了缅怀少女而造的。

我知道这只是某些人制造出来的谣言。"穿紧身衣的女人"和十字路口的幽灵没有任何关系。

我站在人行横道前，看了眼左手腕上的便携终端机。

屏幕上显示着"IEPP"的字样，下方是六位数字。三位整数，隔着一个小数点，然后是三位小数。三位小数以肉眼难以分辨的速度变换着，三位整数则看得一清二楚。

那三个数字是"000"。我出于谨慎起见确认了IP，数值依然是 0，没有任何问题。

接着，我朝眼下空无一人的人行横道说道：

"哟！"

像是在回应我似的，小栞的幽灵出现在了人行横道上。

少女身穿白色连衣裙，有着一头又长又直的美丽黑发，稚气未脱。

小栞看着我，对我微笑。就算到了今天，看着我这副模样，她依然愿意对我露出笑容。

"抱歉，让你久等了。"

小栞有些不解地歪着脑袋。她的一举一动都无比惹人怜爱。

我百感交集地说道：

"我是来向你道别的。"

听我这么说，小栞微微皱眉。

很快，她就不必再露出这样的表情了。气泡会下沉。

真是一段无比、无比漫长的时光。

一切错误都始于我快要满十岁的时候。

我遇见了不该遇见的人。

四年后，小栞因为我的错，在十字路口遭遇车祸，变成了哪里也去不了的幽灵。

那之后过了近六十年。近六十年啊！

我终于能帮助小栞了。

"道别，是什么意思？"

我向皱着眉头如此问我的小栞解释了我接下来

要做的事。

我将沉入艾茵兹瓦赫之海中，回溯到我和小栞相遇的世界与不相遇的世界的分歧点，在那里和不会遇见小栞的自己合为一体。

因为我和小栞的虚质有一部分同化了，如果我回到过去，小栞也会同时回到过去。这么一来，我们就能一起逃离这个世界，在一个永远不会相遇的新世界里，彼此过上幸福的生活。

听我说完，小栞露出悲伤的表情。

"我不想再也见不到你。"

"没办法。只要是我和你相遇的世界，你就一定会变成十字路口的幽灵。为了把你从这里救出来，我们绝对不能相遇。"

"我不要。"

"没关系。只要我们没有相遇，你就能获得幸福，就不必以幽灵的样子待在这种地方了。"

"我不要……再也不能见到小历，我不要。"

小栞不情愿地摇着头，一脸快要哭出来的样子。看见她这副表情，我感到心如刀割。

"小栞，你要理解我。"

那之后的一段时间，我和小栞僵持不下。"你要理解我。""我不要。""这是没办法的事。""我不要。""我是为了帮你。""我还想见到小历。我想见到你。"

说实话，我肯定也不想再也见不到小栞。但要是再不做些什么，我不久之后就会死去。到时小栞就真的会孤身一人被留在十字路口，无法和人交谈，也不会长大，也许直到世界毁灭之时，她都必须一直待在这里。我绝不接受这样的现实。

"但是，我想见到你。"

听小栞反复这么说，我逐渐开始动摇。

我也不想再也见不到小栞。这是我的真心话。

但我不可能为了见她，就让她一直保持幽灵的模样。

想要帮助小栞的我和想要见到小栞的我。

我完全不知道该选哪边了。

所以，我决定下三个赌注。

"我明白了。小栞，我们做个约定吧。"

"约定？"

"嗯。在我们重生的世界里，距离现在一个月后的八月十七日。我会在那天，在这个十字路口迎接你。我们将会在那时再次相遇。"

八月十七日。根据计算，这已经超过了我剩余的一个月寿命。这是第一个赌注。赌平行世界的我能不能活到那一天。

其次，一旦回到过去，我们的虚质就会和新世界的自己融合，很可能不会留下任何人格和记忆。这是第二个赌注。赌在新世界重生的我们，会不会记得这个约定。

最后，如果奇迹发生，这两个条件全部达成，我们在那个世界重逢后，小栞会不会遭遇不幸。这是第三个赌注。话虽如此，这个赌注在这次的时间移动中，本来就是一个不可规避的风险。在我时日不多的情况下，就算相遇了，应该也不会发生什么意外吧。

最后的最后，我还是屈服了。我留下了我们两人重逢的可能性。

不过，如果这个世界上有着神一样的存在……那他至少会满足我这微不足道的愿望吧？

"八月……十七日？"

"对，八月十七日。"

不知道小栞还记不记得，八月十七日就是她成为十字路口幽灵的日子。如果我真能在那天，在这个十字路口和小栎相遇……或许那时，我就能从真正意义上拯救她。

"在那个世界里，距离今天一个月后的那天。我们会回到七岁重新开始生活，所以就是六十六年后的八月十七日。时间的话……现在正好是十点啊。那就上午十点吧，我会来这个十字路口迎接你。"

"真的？"

"嗯，我向你保证。"

小栎眯起眼睛，仿佛在凝望着未来。

"六十六年后，非常、非常遥远呢！"

"是啊。不过，我们已经一同度过这么长的时间了，只要再度过一段相同的时间就行。"

那当然不可能会是同样的时间。接下来的六十六年里，我的身边没有她，她的身边没有我。

但我们必须等待。

"在那之前，你能记住这个约定吗？"

"嗯，我不会忘记，绝对不会。"

小栎轻轻点头，露出缥缈的微笑，仿佛随时会消失不见。

"那，我要走了。这不是永别。再见，小栎。"

"嗯，再见，小历。"

小栞笑着朝我挥手，我也对她投以微笑。

然后，我转身离开小栞所在的十字路口。

"小历……"

最后，我听到身后传来小栞的声音。

"我很高兴能遇见你。"

我停下脚步，回过头，冲到她身边，想要抱紧她。

"谢谢你。我最喜欢你了。"

她温柔地在我的心上开了一个洞。

· · ·

第二天。

我和和音做好万全的准备，来到空荡荡的虚质科学研究所，前往 IP 舱所在的转移室。

果不其然，门锁着。于是，我们去了一趟办公室，打开了存放着研究所内各个设施钥匙的箱子。

"嗯？"

"钥匙不在这里啊。"

无论我们在钥匙箱里再怎么翻，也找不到转移室的钥匙。研究所里时常会发生给房门上锁的人把钥匙放进白大褂的口袋里，忘记返还直接拿回家的情况。

"这么一来计划就无法实行了啊，这可怎么办？"

虽然和音嘴上这么说，但我觉得她似乎松了一口气。都到了这一步，她还是没能彻底打消对于这个计划的犹豫。

但我的计划是万无一失的。

"没想到真的会有用到它的这一天。"

我从口袋里取出一把钥匙。

"这是？"

"转移室的备用钥匙。"

这把钥匙是我在十四岁的时候，从小枭的母亲那里拿到的。这是小枭偷偷配的转移室的备用钥匙。当时的我相信这把钥匙能打开我和小枭通往幸福的大门，没想到它在这个时候派上了用场，不禁让我感到造化弄人。

"是吗？那我们进去吧。"

和音没有再多说什么。既然要做就做到底。她就是这样一个人。

我和和音进入转移室，调整好装置。我们已经进行过无数次模拟实验，只差实际行动了。

这台 IP 舱我已经进入过几百次了，但人到了这把年纪，光是躺进去都得花上一番工夫。虽然和音会帮我，但她也已经是个和我同样年纪的老人了。在我总算躺好后，和音关上了罩子。

这时，我想起了一件事，开口对和音说道：

"和音，我想先进行一次普通的选择性转移。"

"嗯？你要转移到哪个世界去？"

"接下来要回到过去的世界进行融合。我想再去一次那个世界。"

"可以啊，IP 保持不变就行了吧。"

"五分钟后立刻把我转移回来。"

"我明白了。那我启动了。"

和音驾轻就熟地设置好转移参数，我还无暇做好心理准备，和音就开始倒数了。

"5、4、3、2、1，转移开始。"

我闭上眼睛。舱内产生磁场，我感到些许温暖。

然后，下一个瞬间……

疼痛突然朝全身袭来。

我睁开眼睛。这是我无数次到访过的，平行世界中的我的房间。在这个世界，我每天的大多数时间都在这张护理床上度过。

这疼痛是癌症发作引起的。至今为止我已经体会过无数次这样的痛苦，但还是没办法习惯。

我强忍着疼痛，看了眼自己的左手腕。手腕上戴着这个世界的我一直在使用的便携终端机。

我呼出终端机中的日程表功能，添加了一项日程。

"八月十七日，上午十点，昭和路十字路口，穿紧身衣的女人。"

这是我和小栞约定的那天。

这算犯规吗？但这点提示应该没关系吧。毕竟我赌上自己的整个人生，只为换来这仅此一次、微不足道的重逢。

我确认日程被记入终端机中。这个世界的我，在看到这项毫无头绪的日程时会作何感想呢？他可能会以为是自己添加的，只是犯糊涂忘记了。随他怎么想吧，只要他能努力活到那一天，去到那个十字路口就行。

五分钟后，我回到了原本的世界。在玻璃罩的另一侧，和音看着我，欲言又止。

"啊，我回来了。"

"欢迎回来。"

和音把手放在隔开我们的玻璃罩上，说道：

"我和那个世界的你聊了几句。"

我吓了一跳。至今为止我已经无数次转移到那个世界，大多数时候都是在和音的帮助下进行的。和音原本坚决不和那个世界进行交流。在我转移期间，另一个世界的我就躺在这 IP 舱里，但直到我回来之前，和音从不打开玻璃罩，甚至不曾和另一个我说过一句话。

但她却选择在这个时候和那个世界的我交谈。看来到了这一步，即便是和音也抑制不住自己的好奇心了。

"你们聊了些什么？"

"与其说是聊天，其实就是打了个招呼而已。那个世界的你，一见到我就喊了我的名字。我明明都已经是个满脸皱纹的老太婆了。"

"哦。"

"在那个世界里，我们就算到了这把年纪，也还有所往来啊。"

"嗯，是啊。"

然后，和音一言不发，似乎深入了沉思。她也许很好奇在那个世界里，我们两人是什么关系吧。

但她的表情很快变了。

"至今为止，我都刻意没有去问，但现在可以问了吧？"

和音似乎不再犹豫，一脸满不在乎地问道：

"告诉我，阿历，你选择的世界，是个怎样的世界？"

最后，我选择的到底是个怎样的世界？和音虽然知道 IP 数值，但具体是个怎样的世界，我一点也没有告诉过她，她至今为止也从没问过，但她其实很在意吧。我抛弃这个世界，想逃到一个怎样的世界去？她不可能不感到好奇。

那么，该讲到什么程度呢？我认真思考起来。

"在那个世界，我自称为'仆'。"

我知道。和音的嘴唇似乎在如此默念着。

还有，在那个世界，自称"仆"的我深爱着她……这点还是不要说出口比较好。

"我成家了，也有了孩子。那一定会是个你和小枭都能获得幸福的世界。"

"是吗？"

和音不再追问。

那之后我们不再进行多余的交谈，默默进行着各种准备。只不过是把实验过无数次的事再重复一遍而已。我们没花多少工夫，只用了大约一个小时就完成了所有准备。

接下来，只要和音启动这台 IP 舱，一切就结束了。

分歧点在七岁那年——父母离婚时，我跟了哪一方。只要我回溯到那个时候，选择跟随母亲，就不会遇见小栞。

片刻之后，我的虚质就会沉入艾茵兹瓦赫之海中，从这个世界上消失。那时我会把十字路口的小栞的幽灵一起带走，之后只剩下我陷入脑死状态的身体留在这个世界。我将处理身体的事交给了和音。

"最后还有什么话想说吗？"

和音再次透过玻璃罩俯视我。既然她问出了这个问题，我也决定在最后坦诚地吐露自己的心声。

"谢谢你，能遇见你真是太好了。抱歉，给你添麻烦了。"

"没事，都已经这个时候了。"

这就是我和和音最后的对话。

我刻意没说再见，而是在心中向和音道别。

我将自己的人生完全献给了小栞，但除了她之外，我还需要感谢另一个人，那就是和音。从某种意义上说，我同和音的关系比同小栞还要深。

IP 舱启动，时间移动的倒计时开始了。

"10、9、8、7、6、5、4……"

在本该数到 3 的时候，和音说道：

"再见，阿历，希望你能得到幸福。"

我和她相识几十年，第一次听到她这么温柔的声音。

她说出了我刻意咽下的告别的话语，送我离开了这个世界。

·   ·   ·

接着，我沉入了虚质之海中。

我抱着小栞的碎片，向每一个我道别。

去往我和小栞不会相遇的世界。

我将自己和小栞重要的约定，托付给了和音深爱的那个"仆"。

为了能在另一个世界，再次遇见我深爱的人。

幕 间

回过神来时，我已经在这里了。

这是一个很大的十字路口。我站在人行横道上。

这里是哪里？我好像知道这个地方，又好像不知道。

车辆朝我驶来，却径直穿过了我。

信号灯变色，人群开始走动。人群也穿过了我。

喧嚣、空气、光线，一切都穿过了我，好像谁都没有注意到我。

我简直就像是十字路口的幽灵一样。

我不清楚究竟是为什么，从什么时候开始就在这里了。

其实，我连自己是谁都不太清楚。

我总觉得直到刚才为止都还和另一个人在一起，那个人大概是把我留在这里，自己去了别的地方吧。

　　不过，我虽然孤身一人，什么都记不得，却不可思议地并不感到不安。

　　我不害怕，也不寂寞。我是这么觉得的。

　　因为我还记得唯一一件事。

　　我在，等着某个人。

　　在十字路口，一直等着……

　　我在等着，某个人。

图书在版编目（ＣＩＰ）数据

致深爱你的那个我 /（日）乙野四方字著；周立彬
译 . -- 北京：中国友谊出版公司，2021.8（2025.6 重印）
ISBN 978-7-5057-5258-0

Ⅰ . ①致… Ⅱ . ①乙… ②周… Ⅲ . ①中篇小说—日
本—现代 Ⅳ . ① I313.45

中国版本图书馆 CIP 数据核字（2021）第 140101 号

著作权合同登记号 图字：01-2021-5742

KIMI WO AISITA HITORI NO BOKU HE © 2016 Yomoji Otono
This book is published by arrangement with Hayakawa Publishing Corporation
through Beijing Kareka Consultation Center.
This simplified Chinese edition published 2021 by Beijing Xiron Culture
Group Co.,Ltd.,Beijing.

书名　致深爱你的那个我
作者　〔日〕乙野四方字
译者　周立彬
出版　中国友谊出版公司
发行　中国友谊出版公司
经销　新华书店
印刷　嘉业印刷（天津）有限公司
规格　787 毫米 × 1092 毫米　32 开
　　　8 印张　120 千字
版次　2021 年 10 月第 1 版
印次　2025 年 6 月第 12 次印刷
书号　ISBN 978-7-5057-5258-0
定价　42.00 元
地址　北京市朝阳区西坝河南里 17 号楼
邮编　100028
电话　（010）64678009

如发现图书质量问题，可联系调换。质量投诉电话：010-82069336